AF299378

ZOFLOYA.

TOME QUATRIÈME.

ZOFLOYA,

OU

LE MAURE,

HISTOIRE DU XVe. SIÈCLE, TRADUITE DE L'ANGLAIS,

PAR MME. DE VITERNE,

Auteur des traductions de LA SŒUR DE LA MISÉRICORDE et de L'INCONNU, OU LA GALERIE MYSTÉRIEUSE.

TOME QUATRIEME.

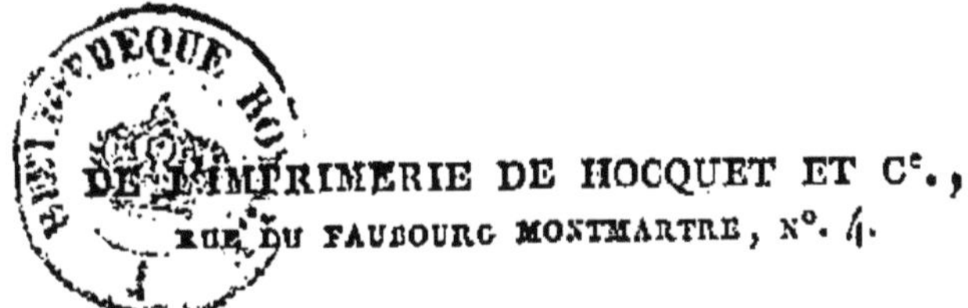

DE L'IMPRIMERIE DE HOCQUET ET Ce.,
RUE DU FAUBOURG MONTMARTRE, N°. 4.

PARIS,

CHEZ BARBA, LIBRAIRE, PALAIS-ROYAL,
DERRIÈRE LE THÉATRE FRANÇAIS, N°. 51.

1812.

ZOFLOYA.

CHAPITRE PREMIER.

Jamais le soleil ne s'était lévé sur un jour plus horrible que celui qui succéda à l'aventure de la veille. Henriquez s'éveilla... et toute trace de délire étant passée, il regarda à ses côtés... ô montruosité! ce n'était point la belle Lilla, sa charmante fiancée, l'épouse de son cœur, mais Victoria, qui ne lui paraissant plus qu'elle même, empoisonnait ses regards : elle dormait encore, et soupçonnait peu l'horreur qu'elle inspirait ; ses cheveux noirs, sor-

tant de sa coëffure de nuit , s'étalaient sur un visage brun et fortement animé... hélas! tout prouvait
à Henriquez sa fatale erreur. Une
fureur nouvelle le saisit... ses yeux
sortaient de leur orbite , et il les
roulait en véritable maniaque ; un
cri aigu partit de ses lèvres. Il prononça avec un accent dechirant le
nom de Lilla! s'élançant du lit en
désespéré, il courut à son épée, qui
était suspendue dans un coin de la
chambre , et en arrachant le four-
reau, il tourna la pointe vers son
cœur, et se précipita dessus : comme
il était nud, rien ne pouvait arrêter
le coup , aussi tomba-t-il à terre, et
un ruisseau de sang coula de sa blessure. Victoria s'était éveillée au cri
qu'il avait fait, mais elle n'avait pu
prévenir l'action ; elle le soutint seu-

lement comme il tombait, et parta-
geant sa chûte, elle put presser sa
tête contre sa poitrine.

A ce toucher, de fortes convulsions s'emparèrent d'Henriquez ; il
chercha à retirer sa tête d'entre les
mains de son ennemie, et ne pouvant y réussir, ses mouvemens con-
vulsifs devinrent plus forts ; il ferma
les yeux un instant, puis les rouvrant
ensuite, il parut vouloir exprimer
ce qu'il ressentait : regardant Victoria, d'un air de joie mortelle, il
prononça ces mots : » Furie persécutrice... c'est ainsi que... que je t'é-
chappe... à jamais ! » pas un mot
de plus ne sortit des lèvres de l'infortuné, ni un soupir de sa poitrine ;
et, triomphant dans son agonie, il
expira !

Voilà donc encore une fois, les

visions de bonheur de Victoria éva-
nouies ! une rage des plus fortes
brûla son âme à cette conviction,
et la mit dans l'imposibilité de savoir à quoi elle allait se porter. Elle
se tordit les bras, et se serra tellement les mains l'une dans l'autre,
que les ongles y étaient empreints :
elle s'arracha ensuite les cheveux,
et tomba accablée sur le corps
d'Henriquez. Enfin sa violence cessa, et un calme de mauvais augure
en fut la suite; elle se releva, et s'ha-
billa à la hâte, puis s'emparant de
son poignard, elle parut méditer
quelqu'action horrible. Elle quitta
brusquement la chambre de désespoir et de mort, en ferma soigneu-
sement la porte, et vola encore une
fois à la forêt.

Victoria ne pouvait analyser au

juste ce qui se passait dans son âme
en ce moment ; mais elle alla droit
au lieu où languissait la malheureuse
prisonnière : se sentant une force de
démon, elle escalada au plus vîte le
rocher ; la cataracte raisonna de nouveau à ses oreilles, ce qui augmenta
la rapidité de ses mouvemens, et
elle ne sentit presque point la dureté
des cailloux ; la montagne ne lui parut qu'une colline, et les précipices
ne lui inspirèrent aucune crainte,
tant était grande l'exaltation où ses
espérances déçues avaient porté
son être ! enfin elle se trouva au lieu
où sa rage aveugle la conduisait.
Jusqu'alors elle n'avait pas été voir
l'objet de sa haine ; indifférente à sa
situation, elle n'avait fait aucune
demande à Zofloya sur ce sujet ; et,
oublié jusqu'à cet instant fatal, il

Tome IV.   1 *

fallait un nouveau motif de vengeance pour le lui rappeler. L'âme
de Victoria tramait un dessein in-
fernal, pour mettre fin, par une ca-
tastrophe subite, aux scènes qui
avaient précédé. Ne prenant pas le
tems de respirer, elle descendit avec
promptitude dans le sentier qui
conduisait au cachot de l'orpheline
Lilla !

Ce qu'elle vit ne fit qu'irriter sa
mortelle humeur, loin de l'adoucir.
Étendue sur la terre, l'infortunée
paraissait attendre son dernier instant ; sa tête était posée sur un bras
qui lui servait d'oreiller ; elle avait
à ses côtés quelques parcelles de
nourriture grossière. Victoria s'en
approchant avec son poignard ,
qu'elle tenait d'une main ferme, se-
coua la chaîne de l'autre, en com-

mandant à Lilla de se lever. La pauvre petite s'efforça d'obéir ; le manteau de léopard était jeté sur une de ses épaules, et venait croiser sur le reste de son corps ; ses cheveux tombaient autour d'elle dans un désordre lugubre, tandis que de ses deux mains, elle cherchait à voiler son sein, par une pudeur angélique qui ne l'abandonnait jamais. Elle leva ses yeux bleus sur sa persécutrice, dont l'air était sévère et sombre ; la charmante petite Lilla offrait bien en ce moment, la miniature de la Vénus de Médicis.

» Maussade , hideuse créature ! cria Victoria en furie, prépare-toi à la mort ! » Dans cet état d'abandon et de malheur, la beauté sans tache de l'orpheline excitait encore la jalousie de son ennemie.

» Oh! madame, dit l'enfant, d'un ton plaintif, c'est donc vous! c'est vous qui voulez me tuer! je croyais, j'espérais... mon dieu, ne me regardez pas ainsi... j'espérais que vous veniez me donner la liberté. »

» Oui, misérable, je vais te la donner, la liberté. Regarde... (elle secouait la chaîne vivement?.. je te la donne... mais par la mort... »

O ciel! Victoria, en quoi donc vous ai-je offensée pour que vous me haïssiez autant? songez que je ne suis qu'une pauvre orpheline qui ne vous a jamais fait de mal. » « Paix, chétive créature; il t'appartient bien de parler ainsi. Saches donc que tu m'as déjà fait plus de mal que tu ne vaux. Allons, suis-moi. »

«Je ne puis marcher.... il m'est

impossible de vous suivre, répondit
en sanglottant la pauvre Lilla. »

« Eh bien, je vais t'aider, dit Victoria, en la saisissant par le bras, et
l'enlevant durement de terre. Alors,
elle l'entraîna par l'ouverture de sa
prison, sans égard pour ses pieds
meurtris par la dureté des pierres
sur lesquelles elle marchait; mais la
pauvre victime ne pouvant plus aller, tomba à ses pieds.

« Maintenant, regarde, dit la
cruelle femme !... Un abîme était devant elle, et un torrent, fuyant à travers les cavités immenses de la montagne, s'y précipitait avec fureur.
Vois-tu, belle séductrice, adorable
Lilla, que rien au monde ne pouvait arracher du cœur d'Henriquez,
devine-tu le sort qui t'attend ? »

« Oh ! grâce, grâce, je vous en

prie, Madame, dit Lilla en s'attachant étroitement à Victoria. Oh! je vous en supplie, ne me tuez pas. Rappelez-vous que nous avons été amies, compagnes. Je vous aimais, Victoria! je vous croyais si bonne!.. mais à présent je vous crois l'esprit égaré, et je vous aime encore.... chère, chère Victoria, revenez à vous. Si belle, si spirituelle.... non, vous ne sauriez assassiner une pauvre fille abandonnée du monde entier.... non, non, cela n'est pas dans votre cœur sensible. »

« Ton babil ne m'appaisera pas, te dis-je. N'as-tu pas été aimée exclusivement d'Henriquez? »

« Henriquez!.. ah! oui, il me semblait... mais... mais où est-il maintenant, Victoria? »

« Il est mort! mort, dit-elle avec

un rire d'enfer. Allons, prépare-toi à le suivre. » ·

« Mort! ah! femme cruelle, c'est toi, sans doute, qui l'as assassiné. »

« C'est plutôt toi, misérable, c'est ta frivole image qui a plongé une épée dans son sein. Cesse donc de parler, ou, par le ciel, je te précipite au bas de ce rocher. ·

« O! Henriquez! tu n'existes donc plus!.. cela est; car, vivant, tu n'aurais pas cessé un instant de chercher ta Lilla, et le ciel eût permis que tu découvrisses l'horrible caverne où l'on ma renfermée. Eh bien, il n'est plus de bonheur pour moi qu'en quittant la vie. »

« En ce cas, meurs donc vîte, dit Victoria en cherchant à se dégager de Lilla, qui la serrait avec toute la force que donne le désespoir. »

« Oh! chère, chère Victoria...
une mort si affreuse m'épouvante....
s'il faut que je meure... que ce soit
de la même mort qu'Henriquez....
plonge ton stilet dans mon sein. »

« C'est ce que je veux faire, cria
l'enragée, et te précipiter ensuite. »
Elle leva son poignard pour en percer l'orpheline, mais, n'étant pas à
son aise, elle n'atteignit que l'épaule,
et le sang qui en sortit rendit ses cheveux blonds d'un rouge brillant.

Le courage de la malheureuse
Lilla l'abandonnait... la mort qu'elle
venait de demander fesait frémir son
âme innocente. Voyant que Victoria
était décidée à lui ôter la vie, la nature la porta à faire un dernier effort
pour se sauver... un autre coup de
poignard la fit tomber sur ses genoux, où elle implora miséricorde.

Puis, oubliant ses blessures et sa faiblesse, elle essaya d'échapper à sa
barbare ennemie.

Excitée davantage par cette tentative
légère de se soustraire à sa vengeance,
Victoria poursuivit sa victime. Elle
l'eut bientôt gagnée de vîtesse, et
Lilla, voyant que tout espoir était
perdu pour elle, s'élança après un
vieux chêne dont les branches énormes s'étendaient par degrés sur un
précipice. Elle y enlaça ses bras déchirés. Et son corps à peine soutenu
par cet appui fragile, se balançait en
attendant sa chûte.

Victoria regarda ce spectacle d'un
œil furieux. Elle chercha à secouer
les branches de l'arbre, afin de faire
tomber Lilla. Tremblante à sa menace terrible, la malheureuse fille
quitta soudain son appui, et chercha

un autre refuge dans le roc. Mais elle était mille fois trop faible pour résister à son adversaire. Elle tomba encore sur ses genoux; elle regarda, en implorant sa grâce, celle dont elle venait de recevoir des blessures dont le sang coulait abondamment. « Barbare Victoria, vois-moi donc avec compassion. Mon sang ne saurait-il t'appaiser, non plus que mes douleurs? ah! j'étais loin de penser, quand tu m'invitas, dans mon abandon, à demeurer avec toi, que ce serait pour me faire subir une pareille destinée. Souviens-toi donc, Victoria... oh! je t'en prie, aies pitié de moi, et je prierai Dieu de te pardonner le passé! »

La seule réponse de Victoria fut un rire féroce, et elle leva encore une fois son poignard.

« C'est donc décidé ? ô ciel ! eh bien, prends ma vie, Victoria, mais prends-la d'un seul coup. Tue-moi du même poignard qui a tué mon Henriquez, parce qu'il m'aimait plus que toi.

Le feu sortit des yeux de Victoria, à cette observation ; et n'étant plus maîtresse de sa violence, elle prit Lilla par les cheveux, et la renversa à terre ; alors elle lui donna mille coups de poignard, partout où elle pût frapper. Lilla expirait... l'exécrable furie, redoubla ses coups, et après en avoir couvert son beau corps, elle le poussa du pied, pour le jeter dans l'abîme ; le cadavre roula de pointe en pointe, et jusqu'à ce qu'il disparut à la vue de Victoria, qui le suivait de l'œil. Bientôt un bruit sourd frappa son oreille ravie, en l'informant que Lilla était dans son tombeau ; mais cette joie cruelle n'était qu'un délire, une confusion dont le repos était bien loin ! une certaine frénésie s'empara d'elle, et la fit courir en insensée, sans savoir où elle allait ; quoique rendue de fatigue, elle n'osait demeurer dans ces sombres solitudes, et craignait même de tourner la tête, pensant que l'ombre de Lilla la poursuivait. Elle la voyait encore rouler dans le précipice... elle entendait ses gémissemens... ses beaux cheveux teints de sang, ses membres déchirés étaient devant elle... et le cri, grâce, grâce, raisonnait autour d'elle, comme si mille échos l'eussent répété. Voilà ce que Victoria retirait de l'atrocité monstreuse à laquelle elle venait de se livrer.

Enfin elle sortit des rochers, et descendit le sentier : arrivée au bas, le premier objet qu'elle rencontra fut le maure, qui parut devant elle, comme s'il l'eut attendue.

» Victoria, dit-il, d'une voix moins douce que de coutume, et en fronçant le sourcil, vous vous êtes trop précipitée, et cette dernière action hâtera votre destin. Pourquoi avoir assassiné une pauvre orpheline ? vous vous en repentirez... gardez-vous maintenant de rentrer au château, car le malheur vous y attend. »

» Qui t'a dit, maure, que j'aye assassiné Lilla ? demanda Victoria avec hauteur. Eh bien, si je l'ai fait, cela ne te regarde pas, et j'en répondrai... allons retire-toi, que j'aille au château... ce lieu m'appartient, j'espère. »

» A votre aise, dit Zofloya. Courez après un sort que vous pouvez encore éviter. »

» C'est mon affaire, répondit Victoria, et je veux passer. »

» Passe, passe, pauvre femme... mais souviens-toi que, sans ma permission, tu ne saurais même respirer ! »

Victoria fut indignée de ce ton que prenait le maure, et lui tournant le dos, elle poursuivit son chemin. Son esprit en fermentation , ne pouvait plus éprouver de contrainte... elle entrait au château, quand Zofloya passa tout-à-coup devant elle ; cependant elle ne l'avait pas vu aller, et au contraire, il était resté quelque tems à la place où elle l'avait laissé. Cette circonstance lui causa bien un peu de surprise, mais, occupée d'autres objets, elle ne s'en inquiéta pas davantage.

Son premier soin fut d'aller à la chambre d'Henriquez ; tout était comme elle l'avait laissé, et le corps noyait dans son sang : on n'avait donc point forcé la porte, selon que Zofloya le lui avait donné à entendre ; aussi se moqua-t-elle de ses prédictions. Elle referma la chambre sans dire à qui que ce fut qu'Henriquez était mort. Comme il était encore de bonne heure, Victoria tenta de se mettre au lit, pour dissiper par un peu de sommeil, le cahos terrible de son âme : elle s'enferma ; et la lassitude l'emportant sur ses réflexions, elle ne tarda pas à s'endormir.

Cependant son sommeil ne fut pas profond, et ressemblait plutôt à un engourdissement qu'à un véritable repos ; on eut dit même qu'elle veillait, car ses yeux étaient à demi-ouverts. Des choses étranges passaient devant elle, et ne pouvant tout-à-fait croire à l'illusion, il lui sembla qu'un renouvellement de cochemars la tenait éveillée, sans qu'elle put faire le moindre mouvement pour se débarrasser des horreurs qu'il lui laissait voir... un bruit de sonnettes la frappa ; elle se crut transportée dans un appartement isolé du château, et qui n'avait pas été ouvert depuis la mort de Bérenza. Il y ayait dans une chambre, un

grand coffre de fer qu'elle se souvint
d'y avoir vu : soudain les portes
furent ouvertes , et plusieurs des
gens du château entrèrent ayant à
leur tête le vieil Antoine , domes-
tique de confiance du Comte. Il s'a-
vança, l'air égaré et plein de terreur : il appela quelques-uns de ses
camarades pour ouvrir la caisse...
ce qui ne fut pas plutôt fait, qu'un
cri d'épouvante partit de toutes les
bouches... on put voir... et on reconnut la cause véritable de la mort
de Bérenza !

A cette découverte, il se tournèrent
tous avec fureur contre Victoria,
en paraissant vouloir l'exterminer.
— Zofloya parut, et la foule se dissipa. Alors elle s'éveilla tout-à-fait,
et des gouttes de sueur froide dé-
coulèrent de son front.

Tome IV.   2

En ce moment elle apperçut le maure au pied de son lit ; son aspect était sombre et terrible : ses regards lançaient des éclairs. Victoria était tentée de se croire encore endormie ; elle regarda comme une personne en délire , et sans y voir, tant son âme était troublée. Elle allait se lever... Zolloya l'arrêta en disant : une minute, madame. Ce matin vous avez dédaigné mes avis , en voulant passer outre , cependant cela ne m'empêche pas de m'intéresser à votre danger. Déjà vos passions violentes vous ont conduite au-delà des bornes de la prudence, et ont hâté votre perte, la honte vous attend, en ce moment. Ecoutez ce que je vais vous dire. Vous venez de faire un rêve qui n'est que l'image de la réalité. Pendant le peu de tems

- que vous avez dormi, il s'est passé
des choses étranges dans le château.
Vos gens s'étant levés plus tard que
de coutume, ne s'étaient encore
aperçu de rien ; mais Antonio venait de voir en songe une chose
faite pour le remplir de terreur ; il
a sonné ; quelques domestiques sont
accourus à sa chambre, et il leur a
raconté ce qui venait de l'agiter pendant son sommeil. Cette classe
d'hommes se porte facilement à la
superstition ; en conséquence, ils se
sont décidés à aller à la chambre so-
litaire, où ils sont encore. Là est un
coffre... qui contient le comte de
Bérenza ! »

— Oh ! Zofloya, Zofloya, est-ce
ainsi que tu me témoignes ton amitié, et ne m'avais-tu pas promis que

tu me préserverais du soupçon et du malheur?

— Je ne vous ai pas dit que ce serait pour *toujours*. Je n'ai point un empire éternel sur le corps du comte... de plus, ce sont vos propres fautes... votre impatience, qui ont tout perdu.

— Oh ! je ne m'attendais pas à cette restriction , dit Victoria. Cependant, j'en suis sûre, il t'est possible de me préserver du danger qui, je ne le crains que trop me menace. Depuis que je te connais, Zofloya, j'ai dû m'apercevoir que tu possédais des connaissances infinies ; ta science est supérieure à celle de tous les hommes ; et soit par étude , ou par un don particulier de la nature, rien ne t'est impossible. Le livre des destinées est ouvert devant toi ; tu prédis les événemens et sais les prévenir. Sauve-moi donc... sauve-moi, je te prie, de la honte que tu dis m'attendre, ou bien je ne pourrai plus me féliciter d'avoir cru à tes promesses.

L'œil terrible du maure était en feu en regardant Victoria. — il n'est pas tems encore, dit-il fièrement, de revenir sur le passé, ou de faire des observations inutiles. Si vous vous repentez de la confiance que vous avez mise en moi, agissez donc en ce moment sans mon secours... allez recevoir votre supplice entre les pilliers de St.-Marc... je vous y verrai peut-être... adieu ! mais souvenez-vous qu'il n'y a pas d'espoir de vous soustraire au sort qui vous attend.

— O homme bisarre et indéfinissable ! tout de vous ne sert qu'à me confondre. Vos paroles, vos regards n'ont rien que de terrible et de menaçant. (le maure s'éloignait) Mais ne vous en allez pas, de grace... ne m'abandonnez pas dans cette crise, cruel Zofloya.

Il revint auprès du lit. Son air parut moins altier, et il sourit même avec assez de douceur. — Eh bien, dit-il, voilà que vous me suppliez encore une fois, mais prenez garde, Victoria, de ne plus m'irriter davantage : ce serait impolitique de votre part ; la haîne éternelle que je porte aux humains retomberait sur vous, et... mais ne parlons plus de cela. Le soupçon commence à s'élever contre vous, signora, il faut se hâter... et comment s'y soustraire ? L'inquisition va bientôt vous attirer

devant son tribunal : une confusion
des plus grandes suivra la dénoncia-
tion faite contre vous. Déjà on s'ap-
prête à forcer la chambre du seigneur
Henriquez, et ce qu'on y va décou-
vrir suffit pour vous perdre. Le corps
est sur le plancher et baigné dans son
sang... Votre voile et une partie des
vêtemens que vous portiez hier y sont
encore : ainsi toutes les preuves d'un
crime seront évidentes. Sachez encore que, pour vous surprendre dans
la sécurité où ils vous croient, les
gens ne vous diront rien de leurs
découvertes ; ils vous surveilleront
seulement, tandis que deux sont dé-
tachés à Venise, afin d'instruire les
magistrats de ce qui se passe ici. Il
n'est pas nécessaire, je crois, de vous
en dire davantage... une infamie
publique... une...

— Oh ! épargne-moi, Zofloya, je t'en conjure. Cette destinée est horrible et m'accable de frayeur... Cependant si Henriquez vivait encore, qu'il eût pu m'aimer, je regarderais le reste avec indifférence. Ah ! Zofloya, tu m'avais promis le bonheur, et...

— Prenez garde, madame ! je me suis acquité exactement des promesses que je vous ai faites : j'avais juré que le signor Henriquez serait à vous et qu'il vous presserait volontairement contre son cœur... j'avais juré son amour. . mais je ne vous avais pas dit que sa méprise durerait éternellement, ni ne m'étais rendu responsable des conséquences qui pourraient en résulter.

Victoria voulait répliquer, mais la terreur avait glacé ses lèvres. Il lui passa une idée dans l'esprit, elle fut rapide... amère. Combien avait été court un instant de plaisir procuré par Zofloya, et que le mal qui lui succédait était affreux ! une ombre de bonheur avait paru , et des dangers épouvantables en devenaient le résultat !

Le maure lisait dans les pensées de la malheureuse Victoria ; une nouvelle teinte d'humeur passa sur ses traits et il dit : — Si vous hésitez sur la conduite qu'il vous reste à tenir pour le moment, je vous laisse libre d'en agir comme il vous plaira.

Victoria joignit les mains. Elle ne sentait que trop ce qui lui allait arriver... Mais la fierté du maure, ses reproches hautains... En vérité , cette femme criminelle expiait déjà

Tome VI. 2 *

bien une partie du mal qu'elle avait
fait.

« Décidez - vous vîte, Victoria !
lui cria-t-il avec une augmentation
de sévérité. — Oui, oui, oui... je
m'en repose sur vous... je m'aban-
donne à vous. Sauvez-moi des horreurs que je crains; sauvez-moi de
tout, Zofloya, ajouta-t-elle, la tête
perdue, et que ce soit pour jamais !

— Allons, je m'y engage : je vais
vous soustraire à ce qui vous attend,
mais il faut vous décider à fuir.

— A fuir ! quoi, je quitterais
tout ?..

—Oui, car je ne saurais détourner
le cours des événemens dans lesquels
je n'ai point de pouvoir; je ne puis
influencer la justice, Victoria , ni
prévenir ce qui est indépendant de

moi. Quelque grand que semble mon savoir, croyez bien que tout en profitant des circonstances et des choses, il est hors de moi de rien déranger de ce qui est écrit dans le livre du destin.

—Et où donc fuir? demanda-t-elle d'un air abstrait.

Reposez-vous sur ma prudence à ce sujet. Encore quelques mots, et je vous laisse. On n'a point ouvert la chambre d'Henriquez; vous pouvez donc dormir pendant quelques heures, tandis que j'éloignerai les gens de leur dessein sous un prétexte quelconque. Ainsi livrez-vous sans trouble au sommeil; je vous garantis de tout Quand cette demeure deviendra le siège du désordre et de la confusion, que l'inquisition sera instruite de ce qui a eu lieu , et que les malédictions et l'exécration pleu-vront sur vous, vous serez loin de votre château, loin de Venise ! »

Comme Zofloya finissait ces mots, il fit un léger salut et s'éloigna avec la rapidité d'une ombre.

La matinée commençait à être avancée. Victoria n'osant paraître, s'enferma tout-à-fait dans sa chambre, sans songer ni à la faim ni à la soif. Voulant se retracer les événe-mens de sa vie odieuse, elle chercha à en calculer les causes et les progrès; mais la tentative fut vaine : un pro-fond engourdissement s'empara de ses sens; elle chercha à s'en défendre, malgré la recommandation de Zo-floya , et le sommeil fut le plus fort. Quelque chose d'horrible glaça ses

membres, et elle céda, malgré tout
autre désir, à la magie puissante à
laquelle elle était soumise.

———————

<hr>

CHAPITRE II.

L'OBSCURITÉ la plus profonde enveloppait Victoria quand elle ouvrit les yeux ; elle se trouva couchée sur la terre. Le tonnerre grondait, et des traits de lumière découvraient la majesté des objets d'alentour. Des montagnes immenses étaient assises les unes sur les autres, et semblaient placées là pour la dérober au monde entier. En examinant cette étrange enceinte, couverte de nuages seulement, l'imagination, repoussée dans ses conceptions, n'avait plus d'essor pour rien pénétrer. Des rochers énormes effrayaient par leur masse, et les précipices qui se trouvaient à leur base, recevaient l'eau qui, du sommet, tombait de cascade en cascade, pour se perdre ensuite dans des gouffres qu'on eût pris pour l'entrée du *Pandimonium* (enfer de Milton). Tel était le spectacle que les éclairs découvraient à Victoria. Au milieu de ces belles horreurs était le maure colossal, les bras croisés sur la poitrine, et l'air majestueux. Il était là dans sa sphère, les lieux simples ne pouvant convenir à un homme à qui il fallait toutes choses extraordinaires ; aussi, l'endroit où il était n'offrait que des merveilles : la terre tremblait sous la fermeté de ses pas ; on l'eût cru souverain de cette partie cachée de la nature ; rien ne pouvait l'y éclipser, ni lui commander ; mais aussi, rien de doux, de gracieux n'embellissait ces sîtes agrestes seulement faits pour des êtres audacieux et indépendans comme ceux qui s'y trouvaient alors.

Victoria regarda le maure ; à chaque trait de feu qui partait du firmament, il avait un air de satisfaction qu'elle ne lui avait point encore vu ; et il lui parut beau au-delà de l'expression. Pour la première fois un sentiment de tendresse se confondit avec son admiration. Quelle bisarrerie étrange ! Cette Victoria si vaine, si fière au milieu de ses terreurs, au milieu du danger où elle se savait, trouve doux et précieux d'inspirer un intérêt si soutenu à un homme que rien au monde ne pouvait l'empêcher de reconnaître comme au - dessus de tous, pour son rare mérite et son savoir inappréciable.

Le maure, comme s'il eût deviné ce qui se passait dans son âme, s'en approcha avec la plus grande douceur, et l'aida à se lever. Tremblante, agitée par mille sentimens confus, et étonnée de tout ce qu'elle voyait, elle se laissa presser dans les bras de Zofloya.

« Mais, dites-moi, mon ami, où sommes-nous donc, et qui peut m'avoir transportée ici? »

« Vous ne savez pas, belle dame, que nous sommes dans les Alpes, frontières d'Italie? il doit peu vous embarrasser de savoir comment vous y êtes venue; sachez seulement que nous voilà en parfaite sûreté. »

« Mais, je ne me souviens pas d'a-

voir voyagé. Je sais bien que, m'é-
tant venu chercher le soir dans mon
appartement, vous m'avez conduit
à travers les bois, et fait reposer
dans une grotte, mais... que serais-
je devenue depuis?... c'était le soir,
et il fait nuit encore. »

« Votre observation est juste ; nous
sommes partis de nuit, et il est encore nuit, ce qui doit vous convain-
cre que nous avons fait tout ce chemin en vingt-quatre heures. »

« Comment cela est-il possible?
aurais-je donc perdu l'esprit pendant
tout ce tems, ou bien un sommeil
forcé m'aurait-il ravi la connaissance
ainsi que le mouvement? ô! Zofloya,
quel pouvoir avez-vous donc? combien il est incompréhensible, et me
fait sentir que je suis entièrement
sous vos loix. »

Victoria soupira profondément en prononçant ces mots, et laissant tomber sa tête, elle parut plongée dans les réflexions les plus sombres.

Zofloya lui serra tendrement la main. « Pourquoi ces réflexions et ces remarques, belle Victoria ? ne vous croyez-vous pas avec un ami qui vous est entièrement attaché ? il devait vous arracher à la honte et aux horreurs qui vous attendaient. Les moyens ordinaires n'auraient pas suffi pour vous tirer de ce mauvais pas. La chose pressait, et demandait la plus grande célérité... pourquoi donc regretteriez-vous qu'un pouvoir supérieur eût été employé pour vous délivrer. »

Un grand coup de tonnerre coupa cette phrase, et les échos des rochers répétèrent ce bruit terrible. La foudre étincelait en flammes longues et tremblantes. Victoria, tout esprit fort qu'elle était, ne put s'empêcher de frémir, car jamais elle n'avait été témoin des phénomènes de la nature, dans un orage au milieu des Alpes. Elle se serra plus près du maure, qui, passant ses bras autour de son corps, la pressa contre son cœur.

Victoria se crut rassurée... elle n'avait plus ni parens, ni amis, ni protecteur sur la terre, que celui sur qui elle s'appuyait avec crainte... un effet magique l'y retenait... cependant, honteuse (car, Victoria avait encore de l'orgueil) de paraître aussi dépendante de cet homme, elle en rougit. Se rappelant qu'au bout du compte ce n'était qu'un esclave, connu pour tel dans l'origine de sa liaison avec lui, elle voulut, mais ne put reprendre le ton de hauteur qu'une fierté plus grande lui avait fait perdre. Et puis, sitôt qu'elle le regardait, (enveloppé par intervalles de la foudre qui ne le touchait point) sa beauté, sa grâce lui faisaient oublier bien vite son infériorité, et ses sens ravis se refusaient à le voir autre chose qu'un être d'un ordre supérieur à tous les mortels.

Pendant qu'ils étaient ainsi dans le milieu de ces épouvantables solitudes, et qu'ils gardaient ce silence solemnel qu'impose ordinairement la force de l'orage, qui ne s'arrêtait que pour recommencer avec plus de violence, le son de voix humaines vint frapper leurs oreilles. Il parut des lumières à travers les fentes des rochers, qui semblaient des météores

au milieu des nuages : ils reconnu-
rent que c'était des torches portées
par plusieurs hommes. Quand ces
hommes furent plus près, leurs habits, leurs armes et leur air déterminé les annoncèrent pour des
condottieri, ou brigands.

Zofloya se baissa et dit à Victoria:
« Ne craignez rien, nous allons être
entourés de ces troupes qui infestent
les montagnes, particulièrement le
Mont-Cénis, où nous sommes maintenant; mais, n'ayez pas peur, il ne
vous arrivera aucun mal; au contraire, ce seront eux qui nous pro-
cureront un abri, et tout ce qui nous
sera nécessaire. »

Victoria ne répondit rien, car il
se forma au même instant, un cercle
autour d'eux, d'une vingtaine
d'hommes armés ; et elle put voir,

aux lumières qu'ils portaient, des figures de scélérats, ressemblant à peine à des êtres humains. Un d'eux s'avançant le poignard levé, dit :

» Que faites-vous ici, vous autres, pendant ce diable d'orage ? d'où venez-vous, et où allez-vous ? voyons, avez-vous de l'or, des bijoux ? il faut nous les donner sur-le-champ, sinon vous êtes morts. »

« D'où nous venons et où nous allons doit peu vous importer, répondit Zofloya. Quant aux richesses que nous possédons, elles sont peu faites pour exciter votre envie ; mais il est essentiel, absolument essentiel que nous parlions à votre chef. Veuillez donc nous y conduire à l'instant. »

Aucun de la bande ne répondit, et Zofloya reprit de la sorte : « Vous voyez que nous sommes sans armes; c'est pourquoi vous n'avez rien à craindre de nous, ainsi, accordez-moi ma demande. Nous ne sommes pas des espions, ni n'avons d'intentions malfaisantes. » En parlant de cet air d'autorité, Zofloya fit signe qu'on le conduisît sans en demander davantage. On le comprit aisément, et le cercle s'ouvrant, celui qui avait parlé fit un léger salut au maure, qui lui en imposait par son ton, et marcha en avant pour le mener vers le capitaine.

Zofloya tint toujours sa compagne d'une main ; il prit de l'autre un flambeau qui lui fut présenté : il marcha hardiment au milieu de cette troupe ; sa tête, ornée de son superbe plumet, dominait sur tous, comme le peuplier qui s'élève orgueilleusement au-dessus des arbres de son voisinage.

Quel être étonnant, pensa Victoria ! il n'est pas jusqu'à ces bandits féroces, qui ne montrent de la soumission au pouvoir magique de sa voix.

Ils montèrent le côté droit de la montagne, puis descendirent ensuite un défilé étroit et dangereux. Les voleurs passèrent sur le bord des précipices et sur les pierres glis-santes des rochers, avec une facilité qui tenait de l'habitude qu'ils avaient à les franchir. Enfin un creux pro-fond se présenta ; ils le descendirent presque perpendiculairement et fu-rent dans la vallée pierreuse qui était au-dessous. Un morceau du rocher s'avançait et semblait soutenu par la colonne d'air ; il s'étendait jusqu'à la montagne voisine, en formant de cette sorte une espèce d'angard. En entrant sous cette voûte, on y vit une ouverture étroite par où les brigands passèrent les uns après les autres : vint le tour de Victoria d'entrer dans cette sombre caverne, auquel le sommet servait de portique périlleux. Son cœur s'affaiblit et ses craintes augmentèrent.

Cependant, forcée de marcher, car ceux qui étaient derrière la pressaient, elle prit son parti en songeant qu'elle était avec Zofloya. Le passage devint plus spacieux à mesure qu'on avançait; mais en tournant et retournant dans ce labyrinthe sans fin, tandis que d'autres ouvertures s'offraient sur leur passage, la plupart, séparées par une arche, ils se trouvèrent dans un espace fort large. Les murs de cette sombre caverne étaient glaireux et rendaient des couleurs variées, semblables à l'ac-en-ciel, quand on passait devant avec les lumières. Le faîte en était soutenu par des pilliers de pierres brutes, arrangés grossièrement en colonades. Victoria examina ce lieu qui lui rappela celui où elle avait enfermé sans pitié l'infortunée Lilla, ce qui lui donnait raison de trembler pour elle-même.

Un des brigands s'approchant d'une certaine partie de la caverne, frappa trois grands coups contre le mur avec son bâton ferré. Une minute après, les coups furent répétés dans l'intérieur : il tira alors de sa ceinture un petit instrument ressemblant à une corne, et le portant à sa bouche, il en fit sortir un son fort singulier. Immédiatement cet endroit du mur, qui n'avait de remarquable qu'une pierre très-unie qui paraissait faire partie du rocher, s'ouvrit en forme de lourde porte, et on vit, assis autour du feu et près d'une table chargée de bouteilles et de plats, quantité d'hommes dans un attirail sauvage, comme ceux qui y entrèrent, et qui se montrèrent empressés de partager le repas qu'on avait servi.

Au milieu de cette horde de bandits rangés de chaque côté, se voyait un large banc de pierre sur lequel était assis un homme distingué du reste de la troupe par ses vêtemens et son casque à plumet. Il se leva en voyant deux personnes étrangères : c'était le chef des condottiéri, qui l'était devenu à la mort du précédent, qu'on disait avoir été fameux capitaine. Sa taille était haute et son air noble. Sa figure était cachée par un masque, ce qui ne surprit pas peu Victoria. Il avait à côté de lui une femme richement vêtue, mais comme lui, d'une manière bisarre. Elle n'était ni jeune ni fraîche. Victoria fut frappée en la voyant; une idée confuse de l'avoir rencontrée quelque part lui vint à l'esprit, et un coup-d'œil, que cette femme lui lança, accrédita son doute; mais elle ne pouvait dire où, ni comment elle l'avait vue.

Zoftoya s'avança d'un pas ferme, en conduisant sa compagne par la main; le capitaine les salua. Les brigands les voyant tous deux si près de lui, se levèrent de terre, où ils étaient assis, et le soupçon leur fit prendre les armes pour se munir contre toute mauvaise intention ou trahison. Zofloya , observant ce mouvement , sourit , et les rassura par un signe. Le chef leur ordonna de se tenir en repos, et le maure lui parla de la sorte :

« Signor, nous sommes des étrangers , mais nous ne demandons pas mieux que de devenir vos amis : nous fuyons la persécution et le danger, et attendons de vous sûreté et protection. »

Victoria s'étonna de l'entendre s'exprimer ainsi , mais tout, au surplus, était fait pour l'étonner dans cet homme. Elle garda le silence, et le chef répondit à Zofloya : « C'est assez; nous n'attaquons point les gens sans défense, ni ceux qui mettent leur confiance en nous. L'honneur

est notre loi, et la vie de ceux qui
nous demandent notre protection
nous est sacrée : je vous prie donc
de vous asseoir, et de partager notre
souper sans cérémonie. Ainsi, amis,
prenez tous vos places. » Chaque voleur s'assit à la sienne au même instant.

« Buvez, dit le capitaine, et offrez
au signor maure un verre de vin. »
Celui ci l'ayant pris, le présenta à
Victoria.

Ce mouvement attira vers elle les
regards du voleur ; il la fixa assez
long temps, et eut ensuite l'air troublé. Il posa la main sur son poignard,
se leva à demi et se rassit ! . . . Victoria tremblait sans savoir pourquoi. Toute la compagnie parut surprise ; Zofloya seul conserva sa tran-

quillité, et serrant la main de sa compagne, il la pressa avec respect de manger un peu. Le capitaine se remit petit à petit; il cessa de regarder Victoria, et alors se sentant moins gênée, elle essaya de porter quelque chose à sa bouche. La réserve disparut ensuite; chacun s'égaya, et tous les gens de la troupe burent à leurs bons succès, ainsi qu'à la santé de leur brave capitaine. On plaisanta, on rit, on chanta, et la femme qui était de cette bande prit part à la gaîté avec aussi peu de décence qu'on pouvait en rencontrer parmi des gens vivant du crime. Le chef prenait peu de part à ce bruit, et paraissait absorbé dans ses pensées. Le mouvement ou le besoin peut-être de les éloigner, le sortit de là , et il dit à son monde : « Allons, tous nos braves camarades sont-ils ici ?

—Nous y sommes tous , reprirent plusieurs voix.

—Eh bien , on n'ira pas plus loin cette nuit. Que chacun se repose, à l'exception de ceux désignés pour la garde. Quant à vous, signor, s'adressant à Zofloya, vous ferez ce qu'il vous plaira. Victoria! la signora, veux-je dire, (n'étant, comme je le présume , ni votre femme, ni votre maîtresse), trouvera ce qui lui sera nécessaire pour passer la nuit dans une partie retirée de ce souterrain. »

Les paroles du chef masqué électrisèrent Victoria. Etait-elle connue de cet homme? . . . Elle regarda le maure , mais ne vit rien dans ses traits qui indiquât qu'il partageait sa surprise.

« Le signora n'est pas ma femme, ni elle n'est ma maîtresse, signor capitaine ; cependant... elle m'appartiendra , car nous sommes déjà liés par des nœuds indissolubles.

— Ceux de l'amour sans doute , dit aigrement la femme du chef, qui ressemblait en ce moment à une bacchante.

— Elle vous appartiendra, répéta le capitaine troublé de nouveau. » Mais se remettant soudain, il ajouta : « On trouve difficilement ses aises dans des lieux comme celui-ci ; mais je vous invite à vous arranger de votre mieux. « Puis courbant sa tête d'un grand air de supériorité , il se retira sous une des arches de la caverne qui paraissait conduire en un

endroit particulier , et la femme le
suivit.

Le maure ayant trouvé des peaux
et des coussins du côté séparé de
la troupe que le chef avait désigné
pour Victoria, il lui en fit un coucher
assez passable, et allait se retirer
ensuite, quand celle-ci, entièrement
subjuguée par les attentions respec-
tueuses du seul ami que ses vices
et ses crimes lui avaient laissé , lui
tendit la main d'un air tout-à-fait
revenu de sa fierté naturelle; Zofloya
la prit et la porta délicatement à ses
lèvres. . Cette action ne fit qu'augmenter l'ardeur nouvelle que Victoria se sentait pour lui ; elle le vit
en ce moment l'égal d'un Dieu : sa
taille, ses traits, et plus encore le
feu de ses regards produisaient un
effet irrésistible sur cette créature

susceptible de s'enflammer. Elle resta attachée à le contempler avec ravissement, tandis qu'il baisa sa main, et se sentit tellement émue par un être aussi séduisant, que des larmes de tendresse en coulèrent sur ses joues.... Oui, l'orgueilleuse, la barbare Victoria, captivée par l'amitié soutenue du maure, éprouva, peut-être pour la première fois, ce qu'est la sensibilité. Mais qui eût pu résister à l'influence enchanteresse d'un Zofloya !

« Femme tendre ainsi que belle, dit-il d'une voix ravissante, remettez-vous, et goutez quelques heures d'un repos dont vous avez besoin. Pourquoi mes simples attentions pour vous attirent-elles vos larmes ? Croyez-moi, votre attachement me paye grandement de tout ce que j'ai le bonheur de faire pour vous plaire.

— Te payer Zofloya! Ah! il n'y a que le don de ma personne qui puisse m'acquitter de tout ce que je te dois.

—Je sais que vous tenez beaucoup à moi, belle amie; mais ce n'est pas encore assez pour remplir mes vues.

— Que veux-tu donc de plus, Zofloya? Ah! dis, dis, je t'en conjure; quant à moi, je sens qu'il est impossible de dépendre davantage que je le fais. Mon cœur, mon âme, tout t'appartient. »

Quelque chose d'indéfinissable passa sur les traits du maure.

« Chère Victoria, reprit-il avec douceur, le tems n'est pas encore venu... Je ne puis prétendre encore

à la jouissance incomparable de posséder ta charmante personne ; mais
le moment viendra où tu seras toutà-fait à moi. Dis , n'est-ce pas ton
intention ?

— Ah ! Zofloya! Zofloya!

— Tu le veux, douce amie ! et
cela sera, car je l'ai juré; j'ai juré
pour moi-même que... Mais non ;
en ce moment je te laisse en repos.
Un peu d'attente augmentera la valeur de ma possession , et m'en rendra plus fier.

— Quel être inconcevable es-tu
donc ? je ne puis réellement te comprendre.

— Avec le tems tu me connaîtras
tout-à-fait , ô la plus charmante
des femmes. Bonne nuit pour cette
fois. »

Le maure s'éloigna, et Victoria

tomba sur son lit, le cœur malade. Elle fut mal couchée; mais comment l'avait été la pauvre Lilla? Cette circonstance lui rappela sa destinée, attendu que, dans le malheur, la conscience du coupable n'est jamais endormie, et que c'est là où se retrace avec activité le souvenir de tous ses crimes. Les pensées de Victoria allaient donc prendre une marche des plus tristes, si, pour s'en débarrasser, elle n'eût songé bien vîte que Zofloya, l'enchanteur de son âme, n'était pas loin; et elle s'occupa de lui avec délices.

Le sommeil la surprit dans l'entretien de sa passion, et elle dormit jusqu'à ce que le bruit que firent les voleurs en s'agitant dans leur caverne, l'éveillât. En ouvrant les yeux, elle vit le seul être qui pût l'intéresser au monde. Il l'examinait avec attention, et lui voyant un air engageant, il s'avança et dit : « J'ai obtenu, ma belle compagne, la permission du chef pour que vous puissiez prendre l'air autour d'ici. Il compte sur la parole que je lui ai donnée que nous reviendrions sous peu d'heures ; il m'a même dit que si nous voulions quitter ses montagnes, il nous ferait escorter de l'autre côté et à quelques milles plus loin. Cette précaution est autant pour la sûreté de sa troupe que par égard pour nous. En attendant, il permet que nous fassions un tour sans être accompagnés.

— Avait-il encore son masque, et pourrai-je le voir à découvert ?

— Il ne l'avait pas en me parlant ; cependant on m'a assuré qu'il ne le

quittait jamais en présence d'étrangers , et je crois bien qu'il ne l'ôte-
rait pas devant vous. Mais voici une
corbeille pleine de provisions ; nous
déjeûnerons au grand air. Sortons
de ce souterrain. J'ai passé la nuit à
en examiner les issues tortueuses, et
nous n'avons pas besoin de guide
pour nous conduire. »

Victoria donna la main au maure,
non sans s'étonner un peu qu'il fût
déjà si bien au fait de la localité du
lieu. Elle eut une autre surprise
agréable, ce fut de voir combien
Zofloya en imposait et maîtrisait le
respect des brigands, qui tous le sa-
luèrent avec soumission , lorsqu'il
passa devant eux pour sortir de la
caverne. Comme ils montaient le
rude sentier, le capitaine (toujours
masqué) se montra donnant le bras

à sa compagne. Il s'arrêta un instant.
Ses manières étaient hautes et con-
traintes ; mais quand il vit le maure
témoigner le plus grand respect à
Victoria , il fit un léger salut et s'é-
loigna de quelques pas pour leur
laisser le passage libre. Sa femme
regardait toujours beaucoup Victoria , et de l'air d'une noire malice.
Celle-ci se trouvait extrêmement
embarrassée d'un semblable examen,
et se remit de nouveau en pensée
qu'elle l'avait vue quelque part.
C'était bien ce maintien hardi et im-
pudent qui avoit frappé son esprit,
sans qu'elle pût se ressouvenir dans
quel temps ; et malgré que la beauté
de la femme ne fut plus la même
qu'à l'époque où elle croyait l'avoir
rencontrée pour la première fois , il
n'y avait pas à douter que ce ne fût

elle. Assurément la vie étrange et ir-
régulière que cette femme menait,
ou quelqu'autre cause, avait échauffé
ce teint et grossi ces traits qui la rendaient presque méconnaissable. Ce
qu'il y a de bien certain, c'est que
Victoria, tout en ayant peine à défi-
nir ce rapprochement de traits, fré-
missait d'en être reconnue.

Lorsqu'ils furent en plein air, elle
fit part de ses idées au maure. « Je
ne sais comment cela se fait, dit-
elle, mais les manières composées
de ce chef de voleurs et son air
altier, m'affectent au dernier point.
Ses regards assez durs, autant que
j'en puis juger à travers son masque,
sont toujours fixés sur moi; sa femme
me désoriente et me trouble également. Je crains bien, Zofloya, que
le malheur ne m'ait conduit en un

lieu où je dois trouver des ennemis.
Peut-être ai-je été vue par ces deux
gens en quelqu'endroit.

— Cela ne serait pas impossible,
observa Zofloya.

— Mais pourquoi la femme me
regarde-t-elle avec une sorte de méchanceté? pourquoi lui-même paraît-
il mécontent de ma présence dans sa
caverne ?

— La suite nous expliquera tous
ces mystères, répondit le maure
laconiquement et avec emphase.

— Mais n'es-tu pas surpris de ces
incidens bien extraordinaires ? Dis,
ne t'étonnent-ils pas aussi ?

— Rien ne m'étonne jamais.

— Au moins qu'en penses-tu ?

— Ce que j'en pense ?

— Oui. On dirait, Zofloya , que
tu ne prends aucune part à ce qui se

passe autour de toi. De quoi donc t'occupes-tu ?

— De destruction ! répondit-il d'un voix terrible. »

Victoria frémit.

« Il est très-vrai, reprit-il plus modérément, que les incidens communs de la vie n'ont rien qui puisse m'attacher ; je n'y mets pas le moindre intérêt. L'étonnant, l'extraordinaire dans la nature, ont seuls le pouvoir de fixer mon attention ; et encore faut-il leur joindre un puissant attrait pour que je m'en occupe.

— Il est bien malheureux, Zofloya, qu'isolée et sans amis comme je le suis, ta conversation me soit toujours inintelligible.

— Je m'expliquerai mieux un jour,

Victoria. Mais, asseyons-nous et parlons d'autre chose.

Victoria fit ce que desirait le maure. Pouvait-elle se défendre maintenant de suivre en tout point ce qu'il voulait? Il la pria de manger un peu de ce qu'il avait apporté ; mais une oppression excessive l'empêchait de rien prendre. S'appercevant de son mal-aise, il chercha à le dissiper, en disant : « Ma belle Victoria, pourquoi cet air chagrin? d'où vient cette sombre humeur? de nouveaux doutes s'élèvent-ils contre moi dans votre esprit? Allons, mon amie, sois heureuse avec Zofloya ; dis, ne le regardes-tu pas comme ton époux? car nous sommes déjà fiancés, tu le sais bien.

—Que voulez-vous dire, Zofloya, demanda-t-elle interdite.

—Une vérité, ma belle. Tu m'ai-
mes, et je t'aime aussi à la folie;
je me crois tout au moins ton égal,
et qui plus est ton supérieur. Femme
orgueilleuse, aurais-tu supposé que
le maure Zofloya se regardât dans
son âme comme un esclave, qu'il
aurait perdu le sentiment de son
origine ? »

Victoria se repentit de sa question.
Elle était entièrement au pouvoir
du maure; ainsi pourquoi reprendre
son air hautain? Les manières également impérieuses de celui-ci portaient néanmoins avec elles un certain charme, un je ne sais quoi qui
la pénétrait d'admiration, c'est pourquoi elle prit le parti de l'en con-
vaincre tout-à-fait.

« Signora, continua le maure,
souvenez-vous que j'ai été votre ser-

viteur dévoué, et que j'ai rempli exactement toutes les promesses que je vous avais faites. »

C'est ce que n'avouait pas la dame au fond. Elle savait que ces promesses avaient été fallacieuses ou remplies à demi ; mais elle garda sa réflexion pour elle, et il continua comme s'il n'avait pas deviné ses pensées.

» Suis-je à blâmer si les circonstances ont rendu mes services peu heureux ? n'ai-je pas sacrifié mes espérances de fortune à vous sauver du déshonneur, et en vous accompagnant dans votre fuite ? Vous n'en sauriez disconvenir, Victoria : il ne faut donc pas m'accuser de ce qui n'est que le résultat des caprices de la fortune. »

Ce raisonnement spécieux et futil

ne devait point la satisfaire, et cependant il la tranquilisa, tant elle
avait besoin, dans sa situation, de
s'appuyer de consolations quelcon-
ques. Eh puis, ces graces, cette
beauté qui brillaient dans la personne
du maure, faisaient qu'elle ne pouvait cesser de le regarder avec le
plus vif intérêt; son œil tendre,
quoique plein d'éclat, portait ses
étincelles au fond d'un cœur qui se
livrait tout entier au charme qui le
possédait. L'émotion de Victoria
était visible pour le maure, qui l'en-
couragea par un sourire séducteur.
Il prit sa main et la baisa avec passion.

« Oui, cela n'est que trop vrai,
s'écria-t-elle, ne pouvant plus se
taire, je t'aime, Zofloya; et pour
toi, je donnerais le monde entier...

même ma vie. Cependant quelque chose de pénible se mêle au sentiment que je t'avoue... Dis, resterons-nous long-tems avec ces farouches condottieris ?

— Encore un peu de tems, mon aimable. Mais en quittant ces laides cavernes, tu te donneras à moi (ses yeux brillaient d'un feu extraordinaire) toute à moi, fidèlement et pour la vie, n'est-ce pas ? »

Victoria le regardait, mais sans parler.

— Promets-moi, chère amie, de m'appartenir en entier. Mais qu'ai-je besoin de te le demander ? tout cela est décidé : j'ai ton consentement; tu ne peux t'en défendre, je te tiens à jamais ! » En disant ceci, il lui serra la main si fortement, qu'elle jetta un cri; mais regardant sou

action comme une preuve d'un ar-
dent amour, d'autant que ses yeux
le dépeignaient, elle sourit. Le maure
la pressa contre sa poitrine.... puis,
la repoussant d'une manière singu-
lière, il l'examina de la tête aux
pieds d'un air glorieux, et ajouta :
«,Oui, tu es à moi, charmante,
superbe créature, et c'est pour l'é-
ternité. »

CHAPITRE III.

Il y avait déjà quelques semaines que la fille de Lorédani, et veuve Bérenza, vivait dans une caverne de brigands, le vil rebut de la société; ayant pour ami, pour amant, un maure; un homme qui avait été esclave ! elle s'était bannie de la société par ses crimes, et devait apprécier l'obscurité impénétrable qui la sauvait du châtiment qu'elle avait si bien mérité.

Voilà donc la situation de celle qu'une éducation négligée, et la perversité naturelle de son caractère, avait corrompue. Les imprudences

et l'indiscrétion d'une mère, en dé-
truisant le respect qui lui était dû,
avaient rendu toute remontrance
inutile. Ses conseils n'eussent plus
été propres à corriger son enfant, et
son exemple lui ôtait le droit de rien
reprendre à sa conduite. C'est ainsi
qu'une éducation est manquée, quand
on ne peut rectifier de mauvais pen-
chans , faute de n'avoir pas su mé-
nager son autorité en se faisant res-
pecter de ses enfans.

Dans ses instans de solitude, qui
étaient très-rares, Victoria , tout-à-
fait misérable , réfléchissait sur sa
première jeunesse , sur ce qu'elle
eut pu *être* , et sur ce qu'elle *était*;
maudissant (il est dur de le dire,)
la mère qui l'avait perdu par sa conduite coupable, Victoria songeait

au passé avec amertume, mais il
était trop tard.

Depuis qu'elle était chez les con-
dottiéris , elle n'avait encore pu voir
la figure de leur chef. Cependant
dans son absence, Zofloya l'avait vu
sans masque. » Il a une raison, lui
avait dit le maure, de vous cacher
ses traits ; cette précaution ne du-
rera pas toujours , et bientôt peut-
être , vous le connaîtrez pour ce
qu'il est. »

Cependant les manières de ce
chef changeaient considérablement:
il paraissait content de celle dont
Victoria et le maure vivaient : celui-
ci se montrait toujours très-respec-
tueux en sa présence; mais il se dé-
domageait de cette contrainte, par
des marques de tendresse , alors
qu'il était seul avec son amie. Plus

il se tenait sur la réserve, plus il
avait d'attentions délicates, et plus
le chef semblait satisfait ; mais si
par un mot, ou un regard, il laissait
voir trop de chaleur ou de passion,
alors il était mécontent, et touchait
aussitôt son poignard, ou s'élançait
de son siège, comme pour se porter
à quelqu'action violente : la voix de
cet homme faisait tressaillir Victoria, toujours gênée devant lui ; et
pour tout au monde, elle eut souhaité de voir son visage.

Quant à sa maîtresse ou sa femme,
c'était autre chose ; elle traitait Victoria avec assez de civilité, et même
d'attention, en présence du chef ;
mais quand il était absent, elle ne
la regardait plus que d'un air qui
annonçait la menace et la perfidie.

Le maure Zofloya accompagnait

de temps à autre un détachement choisi de brigands, dans leurs incursions parmi les Alpes; et Victoria ne pouvait s'empêcher de remarquer que quand cela arrivait, ils n'en étaient que plus portés au pillage, et se montraient alors plus hardis et plus féroces; ils n'avaient ni scrupule, ni répugnance pour répandre le sang. Au total, cette bande avait autant de propension à assassiner qu'à voler; aussi Zofloya les choisissait-il, quand il faisait des courses : avec lui, un homme semblait plus déterminé, et se portait à des actions que sans lui, il n'eut jamais tentées.

Un soir qu'il faisait très-sombre, Victoria assise sur la pente d'une montagne fort proche du souterrain, se mit à réfléchir sur la conduite du maure. Elle l'aimait, et cependant, elle tremblait devant lui... mais que faire ? perdue, détachée du monde entier, ayant besoin de quelqu'un sur qui elle put compter, elle cédait sans effort au prestige. Rien ne paraissait plus vrai que l'attachement du maure, sinon que la dignité et souvent la hauteur repoussante de ses manières la désolait. Dans les momens où ils se montrait le plus agréable, elle guettait l'expression de son regard, avec la crainte que celui d'après ne fut plus le même ; jamais elle ne s'était trouvée à son aise avec lui : toujours orgueilleux et réservé, le maure laissait plutôt voir la condescendance d'un supérieur, que l'abandon d'un amant.

» Quel être inconcevable, s'écriait Victoria ! ses paroles, ses regards, ses actions, ne tiennent en rien du commun des hommes ; c'est une énigme indéchiffrable...

» Hélas ! peut-être eut-il mieux valu que le destin ne m'en eût jamais laissé faire la connaissance. » elle soupira fortement, et réfléchissant sur sa vie passée, elle se retraça son horrible carrière... » Oh ! ma mère, ma mère, c'est bien à toi que je la dois attribuer. Si tu eusses mieux dirigé mon enfance, si quand mes passions s'annonçaient fortes, que mon jugement était encore faible, tu m'eusses préservée de tout ce qui tendait à empêcher la culture de l'un, et à augmenter la proportion des autres, je ne me serais pas portée à tant d'excès. Pourquoi mis-tu devant mes yeux des scènes propres à enflammer mon imagination, à égarer mes sens ? pourquoi m'appris-tu à prêter l'oreille aux aveux d'un amour illicite ? ce fut ton exemple aussi qui me fit regarder avec légèreté les liens du mariage. Ton cœur se dégageant de la fidélité due à un mari, apprit à mon cœur à faire de même : ton époux est mort par suite de ton inconduite... le mien, par un poison, donné de ma main... mais à quoi bon me rappeler tout cela, ajouta-t-elle, en se couchant sur l'herbe, dois-je me repentir de ce que j'ai fait ? non... je regrette seulement l'état où les circonstances m'ont réduite, car.... malheureuse que je suis ! Zofloya.... ah ! Zofloya, tu m'as aidé à me perdre. Oh, mais ! suis-je donc tellement liée avec toi, par une magie inconcevable, que je ne puisse faire un effort pour te

fuir ? hélas ! je ne le sens que trop ,
c'est impossible ! — Elle soupira
encore et avec douleur, puis reprit
tristement : — Je vais l'attendre ici;
car je ne veux pas descendre dans la
caverne... L'air sombre du chef de
ces brigands me fait mal , et les regards furibonds de sa femme me
sont encore plus insupportables.

Victoria resta donc couchée sur
la terre , et bientôt, fatiguée par une
longue tention d'esprit, elle ferma
les yeux. Aussitôt endormie , elle
rêva qu'une belle figure de séraphin
descendant légèrement du haut des
rochers, s'avançait vers elle. Quand
il fut plus près , il lui sembla que ses
yeux ne pouvaient soutenir l'éclat
de cette vision céleste.

Victoria, dit l'esprit d'une voix
ferme et douce, je suis ton bon génie.

Je viens t'avertir de ton danger en ce moment, parce que c'est le premier où ton âme criminelle éprouve une étincelle de repentir. Dieu tout puissant, qui ne veut que le salut de ses créatures, me permet d'apparaître devant toi. Ecoute-moi bien... si tu consens, dans l'abîme horrible où tu t'es plongée ; si tu consens, dis-je, à changer de conduite, en fesant une sévère pénitence de tes crimes, tu peux encore espérer miséricorde ! mais sur-tout, fuis Zofloya, car il te trompe... il n'est pas ce qu'il paraît.

En ce moment Victoria vit le maure sous les pieds de l'être céleste. Il était à genoux, et dépouillé de ses riches habillemens. Il était horriblement difforme ; cependant il ressemblait encore à Zofloya.

« Ecoute, dit l'ange ; il te faut fuir ce prétendu maure, et le ciel guidera tes pas. Retire-toi du monde, lis dans ton cœur, et repents-toi ; alors tes péchés te seront pardonnés... (un grand coup de tonnerre se fit entendre.) Mais, prends-y garde : si tu poursuis ta coupable carrière, la mort va te suivre de près, et une damnation éternelle en sera la suite. »

Comme l'esprit céleste prononçait ces mots, la terre s'ouvrit sous ses pieds, et laissa voir un abîme effroyable. Le maure y tombait en poussant des hurlemens qui se répétaient dans les montagnes ; il disparaissait ensuite. L'être surnaturel s'éleva aux cieux, qu'il montrait du doigt à Victoria. Le tonnerre roula de nouveau avec majesté dans les

nues, et Victoria éblouie regarda le
séraphin entrer dans la demeure céleste. Une musique divine ravit un
instant ses oreilles : sa pensée n'en
put soutenir davantage, et elle s'é-
veilla.

En ouvrant les yeux, elle ne vit
qu'obscurité. Cependant elle était
encore si frappée de son songe, qu'il
lui semblait que les airs étaient en
feu, et que l'ange y planait encore.
Elle baissa ses paupières, et un éclair
divin brilla à son imagination. Cette
flamme restait toujours à la même
place, en ne s'effaçant que petit à
petit. Victoria, ayant peine à s'en
détacher, craignait d'ouvrir les
yeux, en se reprochant toutefois
l'importance qu'elle mettait à son
songe. Cependant son âme en était

affectée ; « Fuir ! se disait-elle, mais, où et comment? une damnation éternelle m'attend si je reste !... ah ! c'est une folie que cela, et des rêveries d'enfant. Pourquoi quitter Zofloya? n'a-t-il pas tout fait pour moi jusqu'à ce jour?... non, non, je ne serai point ingrate, je sens que c'est impossible.

A peine la malheureuse Victoria eut-elle prononcé ces mots que, s'élançant d'une ouverture de la montagne, le maure parut. Son air, quoiqu'un peu soucieux, avait encore plus d'élévation et de feu que de coutume. Si auparavant elle avait hésité pour suivre la conduite qui lui était prescrite dans son songe, cela ne dura pas long-tems. Elle oublia la vision, et la présence de Zofloya dissipa toute réflexion sérieuse, et tout dessein de le fuir. Il lui prit la main, et dit d'un air caressant :

« Vous ne voudriez pas me quitter, Victoria ? »

Cette question lui parut étrange. Avait-il une si exacte connaissance de ses pensées ?

« Comment donc, Zofloya ? vous avez un don tout particulier pour me deviner.

« Oui, je lis dans votre âme, belle personne ; et n'y ai-je pas toujours lu ? »

« C'est vrai, c'est vrai, et je ne sais pas comment, dit-elle embarrassée. »

« L'intérêt que je prends à vous m'en donne le pouvoir, chère amie. Au surplus, vous m'appartenez, je vous ai obtenue par mes soins, et rien au monde ne vous enlèvera à ma puissance. Vous ne me haïssez pas, Victoria ? »

Elle ne répondit point; ses pensées étaient dans une confusion excessive au sujet du maure. « Venez, dit-il définitivement, et ne restons pas plus long-tems dans cet endroit. Il fait meilleur dans le souterrain qu'ici; on y chasse du moins la mélancolie. »

Le maure prit le bras de Victoria, et l'emmena. Ses scrupules s'étaient évanouis. Il est vrai cependant qu'il lui restait une certaine oppression qui l'empêchait de s'exprimer, et elle marchait en silence. Zofloya lui adressa les paroles les plus flatteuses, et augmenta d'attentions, ce qui produisit son effet. L'inconstante Victoria changea encore de résolution, et oubliant les pensées graves qui l'avaient occupée momentanément pendant son absence, elle fut toute à cet être enchanteur.

« Si tu ne me quittais jamais, lui dit-elle tout bas, comme ils entraient dans le souterrain, une triste mélancolie et de vains songes n'auraient pas le pouvoir d'usurper l'ascendant que tu as sur mes pensées. »

Ils descendirent dans la caverne, et virent le capitaine des voleurs assis parmi quelques-uns. Il avait toujours son masque. Sa compagne hardie était auprès de lui, légèrement vêtue, et regardant d'un air amoureux le maître de cette demeure sauvage, dont le maintien était réservé ; il écoutait plutôt qu'il ne partageait la conversation de ses gens. Quelques-uns assis à terre, les jambes croisées , d'autres debout, le corps penché en avant, racontaient leurs exploits sanguinaires , tandis que la lumière d'un foyer très-ardent ajoutait une touche de férocité à leurs traits déjà assez durs.

Victoria s'assit dans l'assemblée, se tint près d'elle à une distance respectueuse. Le chef la regardait avec humeur, mais sans dire mot. Sa compagne avait un air dédaigneux, en examinant la jeune femme dont le teint était plus animé que de coutume, d'après l'exercice qu'elle venait de faire. Cet examen ramenait toujours le souvenir inexplicable dont l'esprit de Victoria se trouvait embarrassé, et ne lui annonçait rien que de funeste. Une fois même, cette femme se leva brusquement, sans doute pour exécuter quelque projet qu'elle avait formé; mais le capitaine qui ne les perdait pas de vue, ni l'une, ni l'autre, la retint par le bras et la força de se rasseoir. En ce moment, trois coups distincts furent entendus au-dehors. Un des voleurs se leva, et répondit au coup avec le manche de son poignard : alors on fit sonner un cor en dehors du souterrain, et le voleur touchant au même instant le bouton, la porte fut ouverte.

Plusieurs brigands entrèrent ; ils avaient avec eux une femme qu'ils contenaient dans leurs bras. Ses traits, quoiqu'altérés, étaient encore beaux, mais ils portaient l'image du désespoir. Elle avait au front, une blessure d'où le sang coulait et qui, se mêlant avec ses larmes, tombait sur son sein horriblement meurtri.

Ses cheveux bruns s'étalaient en désordre sur ses épaules , et ses vêtemens étaient déchirés à plusieurs
places. Une de ses mains était également blessée, et cette femme offrait
en tout un spectacle des plus affli-
geans.

On la conduisit, ou plutôt on la
traîna au milieu de l'assemblée. Le
chef s'en approcha et la regarda
quelques minutes... puis reculant
soudain, il posa la main sur son
cœur comme s'il y eût éprouvé une
douleur et dit :

« Serait-il possible, ô mon dieu ! »
Il parut fortement troublé ; alors le
reste des voleurs s'avança : ils te-
naient, avec force, un homme d'un
extérieur distingué, et qui était furieux de se voir pris de la sorte. L'attention du capitaine se porta bientôt

sur lui, et il s'en approcha davantage. Il l'examina... le reconnut... et sembla frappé d'horreur ! tout son corps frissonna, et, se livrant à une fureur subite, il s'élança sur l'étranger qu'il arracha des mains des voleurs, et lui plongea son poignard dans le sein jusqu'à la garde.

La dame blessée fit un cri aigu, et tomba sans sentiment sur le plancher ; alors le capitaine devint encore plus furieux, et arrachant le poignard du cœur de l'étranger, il lui en perça le corps en différentes places. La troupe, quoiqu'étonnée de cet acte de violence extraordinaire dans son capitaine, ne songea pas à s'y opposer et se tint à l'écart. L'étranger n'étant plus soutenu, tomba baigné dans son sang. Le capitaine se jetta sur lui, et appuyant son genou sur ce corp mutilé, il enfonça de nouveau son poignard au milieu de son cœur palpitant.

— Meurs, infâme scélérat ! dit-il d'une voix terrible : meurs ainsi que tu le mérites. J'ai demandé long-tems au ciel que cet instant arrivât, et il a enfin exaucé ma prière. — En disant ces mots, il arracha son masque, et le jettant de côté, ainsi que son casque à plumet, Victoria vit... son frère !

— Eh bien, me reconnais - tu, malheureuse Victoria ? et sais - tu quel est le monstre qui expire à tes pieds ? celui qui vient de recevoir par ma main la punition qui lui était due ?... Vois, fille déshonorée, le séducteur de ta mère, le lâche Adolphe !... Et cette mère, regarde - la étendue sur la terre, prête à suivre au tombeau celui qui l'a perdue ! »

Victoria allait parler, quand Léonardo, s'approchant encore d'Adolphe, dit avec un rire amer et convulsif :

« Il croyait, le misérable, échapper pour toujours à ma juste vengeance ! Lâche ! (et il le poussait du pied) qui fondais ta sécurité sur la faiblesse d'un enfant, as - tu dû penser que mon bras resterait toujours impuissant, et que ton infamie ne trouverait pas sa punition ? Nous avoir enlevé notre mère ! assassiné notre père ! détruit l'honneur, ainsi que le bonheur de leurs enfans !... Homme atroce, tu comptais donc que le jeune Léonardo oublierait tes forfaits ? Non, non, celui dont l'âme fut assez sensible à la gloire de sa famille, pour fuir le lieu de ses disgrâces, ne pouvait oublier l'être exécrable qui les avait causées. Il ne pouvait oublier les traits maudits gravés en caractères indélébiles dans son cerveau brûlant; non, nou, ni les siècles, ni les tems, ni les circonstances, ne devaient en voiler le souvenir d'une manière assez épaisse pour que l'honneur outragé n'y pût percer ? J'ai donc ardemment souhaité cet instant, et mon désir augmentait à mesure que mes forces me promettaient l'espoir de la vengeance; je le voyais de loin avec enthousiasme; il me soutenait dans mon infortune, et j'ai tout souffert, tout entrepris, pour le hâter... Je remercie le ciel d'avoir exaucé mes vœux, dit-il en tombant à genoux, tandis que ses regards étincelaient de fierté. O mon père, mon infortuné père ! pardonne à ton fils, car il vient de te venger. »

Léonardo regarda le corps avec satisfaction ; il voyait cet Adolphe, jadis si séduisant, n'être plus qu'un cadavre hideux... cet ennemi de sa famille anéanti.

Laurina soupira en ce moment. Son fils tressaillit ; il joignit les mains et des pleurs coulèrent de ses yeux. Il s'approcha de sa triste mère, et aidée de Victoria, il la soutint dans ses bras. S'adressant ensuite à sa troupe, qui restait toute interdite, il dit d'un ton de colère : » Qui, parmi vous, a osé frapper une femme ? »

» Aucun de nous, répondirent les handits.

» Comment donc se trouve-t-elle ainsi blessée? »

Un de la troupe, s'avança et dit : » Après avoir fait beaucoup de chemin, nous nous en revenions, quand des cris aigus nous arrêtèrent; nous retournames sur nos pas, et allames à l'endroit d'où partaient les cris. C'était l'homme que vous venez de tuer, qui battait violemment la signora : lorsqu'il nous vit, il chercha à fuir, en l'entraînant avec lui; elle tomba et se blessa avec une pierre : le méchant redoubla ses coups et la poussa sur une roche qui a dû lui faire une contusion plus dangereuse que celle qui est apparente : nous avons arrêté le brutal, tandis que cinq à six de mes camarades s'emparaient du bagage en mettant les muletiers en fuite; ce qui n'a eu lieu qu'après nous être battus avec les gens qui voulaient faire résistance, et dont la plupart...

» Assez, dit le Capitaine, je n'ai pas besoin d'un plus grand détail; tais-toi maintenant. »

Le voleur s'offensa du silence qu'on lui imposait : il mordit ses lèvres, et marmotta quelque chose entre ses dents. Zofloya qui était auprès de lui, le regarda d'un air approbateur.

» Quoi, que dis-tu, insolent?

» Je dis Capitaine, que nous avons fait notre devoir, et que vous ne pouvez... »

» Paix, point de réplique, encore une fois. »

Le voleur tira son poignard... cette action mit Léonardo en fureur. Il déposa sa mère dans les bras de

Victoria, et courant sur le bandit,
il le renversa d'un seul coup.

» Misérable, oserais-tu lever la
main sur ton capitaine ? qu'on me
donne un poignard, et j'apprendrai
à ce drôle à se taire. »

Tous lui furent tendus à-la-fois ;
Léonardo en prit un, et le tint un
instant levé sur le voleur, puis s'ar-
rêtant, il lui ordonna de se lever :
ce que fit l'autre, qui se croisa les
bras sur la poitrine, et baissa la tête
en signe de soumission.

Le Capitaine jetta l'arme avec mépris : » tu ne mérites pas de périr,
par ma main, dit-il. Le voleur s'é-
loigna d'un air sournois, et Léonardo se rapprocha de sa mère.

Il la regarda avec compassion, et
la prenant dans ses bras, il la porta
plus avant dans le souterrain ; puis

essaya de lui faire prendre quelques gouttes d'un élexir, ce qui parut la ranimer un peu. Léonardo lui fit alors préparer un coucher, qu'il chercha lui-même à rendre le plus doux possible ; mais que pouvait ce soin filial pour celle qui n'avait été habituée qu'à reposer sur le duvet ? cependant c'était un bien pour son corps brisé. On bassina ses blessures, et on les pansa avec soin : Léonardo aidait à tout, tandis que Victoria restait debout à regarder sa malheureuse mère, sans témoigner la moindre sensibilité ; elle causa même avec Zofloya, sur des sujets indifférens, et marcha avec lui dans une autre partie du souterrain.

Enfin la pauvre Laurina éprouva le bienfait d'un sommeil causé par la fatigue, la douleur et l'épuisement. Léonardo la laissa, pour aller retrouver ses camarades qui l'attendaient à table : pendant le repas, un des brigands détailla tout-à-fait l'aventure du soir; il n'en apprit cependant guères plus que ce qu'on savait déjà; mais Léonardo écoutait avec une grande attention, sans se permettre aucun commentaire, et sa sœur paraissait jouir intérieurement de voir sa mère punie d'une manière si cruelle.

Le vin passa gaîment à la ronde, et après avoir bien bu, les voleurs se livrèrent au repos. Victoria s'était retirée dans son cabinet; Léonardo dit à sa compagne d'en faire autant, puis il se rendit auprès de sa mère, dans l'intention de la veiller toute la nuit.

C'est ainsi que par la marche incompréhensible d'une sage providence, se trouvaient réunis en un même lieu, ceux dont la destinée avait tant de rapports les uns avec les autres : l'une souffrait la punition terrible de son crime, ses enfans de ces fatales conséquences, et l'auteur abominable de tant de maux venait de recevoir le châtiment dû à ses forfaits, ainsi qu'à la barbarie dont il venait d'user envers la femme qu'il avait perdue.

La malheureuse Laurina ne put conserver long-tems cet amant pour qui elle avait tout sacrifié. Lorédani n'étant plus, son fils ayant fui la maison paternelle, sans qu'on put savoir ce qu'il était devenu, Victoria échappée de la prison où on l'avait mise, il ne restait plus d'obs-

tacles.... par conséquent l'amour
d'Adolphe , s'éteignit petit à petit.
Cet homme, peu généreux , com-
mença à regretter d'avoir sacrifié sa
liberté pour une femme, dont la
mélancolie, presqu'habituelle , lui
devenait à charge : il parut d'abord
indifférent, et en vint à détester la
victime de ses artifices. Ses manières
gracieuses disparurent bientôt , et
son humeur se changea en celle d'un
tiran dur et sauvage ; le chagrin
avait effacé les roses du teint de
Laurina , et le remord avait détruit
ses grâces enchanteresses ; elle cessa
de paraître l'objet d'admiration ou
d'envie qui avait marqué ses beaux
jours : son amant lui reprocha la
perte de ses charmes ; ce séducteur
infâme, las de sa passion, la dédai-
gnait entièrement : il faisait des ab-

sences fréquentes, dont elle n'avait
pas le droit de se plaindre : gai et
sémillant en sortant, il rentrait
sombre et de mauvaise humeur.
Laurina gémissait en secret de ses
infidélités, et si ses yeux, encore
rouges des pleurs qu'elle venait de
verser, rencontraient les siens, l'in-
digne lui en faisait les reproches les
plus amers, et ne bornait pas là ses
mauvais traitement; il ajouta la barbarie à ses autres outrages, et mit le
comble à l'infortune de cette femme
abusée.

C'était après quelques-uns de ces
momens terribles, et dans sa triste
solitude, où, cruellement punie,
Laurina gémissait de la tirannie bru-
tale de son amant, que sa conduite
passée se retraçait fortement à son
esprit; elle se rappelait la mort de

son époux, la perte de ses enfans...
oh! que doit être douloureux le repentir d'une mère, qui s'étant écar-
tée du sentier de l'honneur et de la
vertu, en voit retomber la faute sur
ses enfans! femmes coupables, votre
triomphe, ce que vous regardez
comme le bonheur, n'a qu'un tems,
et l'heure du remord, de la honte,
vient infailliblement vous punir, en
vous condamnant à des regrets éter-
nels?

Parmi les vices qui composaient
le caractère de l'ingrat Adolphe,
était un grand amour du jeu; il s'y
livra tellement, qu'en très-peu de
tems sa fortune devint à rien. Ce fut
ce qui le détermina à quitter l'Italie,
et à aller en Suisse : il fit part de son
dessein à Laurina, d'un ton impé-
rieux, et ajouta ironiquement, que

son exil serait délicieux en l'ayant pour compagnie. La pauvre femme ne répondit rien à cette mauvaise plaisanterie ; le suivre était son devoir, aussi ne fit-elle aucune réflexion, d'autant que, malgré sa bassesse et son inhumanité, elle avait la faiblesse de l'aimer encore.

Pendant le voyage, il ne cessa de la traiter durement et avec mépris ; cependant il s'était encore contenu jusqu'à la rencontre des gens de Léonardo, dans les Alpes ; mais il arriva qu'en ce moment, son humeur étant excitée par quelque motif particulier, il porta la cruauté jusqu'à frapper Laurina. Il mettait même sa vie en danger, (pour s'en débarrasser peut-être) lorsque ses cris attirèrent de leur côté les voleurs qui rodaient dans les environs : le barbare fut ar-

rêté à l'instant par des assassins moins
féroces que lui, et il mérita de trouver la mort près de celui dont il avait
causé les misères... Telle est la juste
rétribution du crime, qui tôt ou
tard reçoit le prix qui lui est dû....

CHAPITRE IV.

LE lendemain, vers midi, Laurina, qui était toujours restée dans un état d'insensibilité, ouvrit des yeux presqu'éteints ; Victoria fut le premier objet qu'ils rencontrèrent : elle la fixa pendant quelques minutes ; petit-à-petit la mémoire lui revint ; elle reconnut sa fille, et fit un cri... elle passa la main sur son front, l'éleva au ciel, et la tendit à Victoria.

» Ma fille ! quoi, c'est vous, vous que je n'ai cessé d'aimer et de regretter... mais pardonnez-moi...

Oh, chère enfant, pardonne à ta mère ! »

Victoria ne répondit, ni par des gestes, ni par des paroles. Léonardo, qui avait l'âme un peu moins corrompue, s'avança près de sa mère, quoiqu'elle parut ne point le reconnaître : il se pencha sur elle, et prit sa main, qu'elle avait laissé retomber sur sa triste couche.

» Ma mère, dit-il, en regardant Victoria, d'un air sévère, ma mère, auriez-vous oublié votre fils Léonardo ? »

L'infortunée tourna sur lui ses yeux apésantis : la nature parla vivement à son cœur, et elle reconnut dans la figure mâle, et les muscles fortement prononcés du chef des brigands, cet enfant délicat et plein de fraîcheur, qu'elle avait nourri de

son lait. Un soupir pénible partit de
son sein : » O mon dieu ! s'écria-
t-elle, serait-il vrai? ô mes enfans,
pouvez-vous pardonner à une mère
·qui vous a si indignement abandon-
nés ? »

» Oui ma mère, je te pardonne.
Que le ciel te pardonne de même,
et te rende la paix. »

» O mon Léonardo ! tu fus toujours bon et sensible... soutiens-moi
dans tes bras, je t'en prie... si...
si tu ne crains pas de donner cette
marque de tendresse à une femme
déshonorée... qui s'est jouée du
bonheur de ses enfans... qui... »
elle s'arrêta et frissonna violemment.

Il n'y avait en ce moment, dans
la caverne, que Léonardo et Victoria ; la lumière blanchâtre d'une
lampe laissait voir les traits altérés

de Laurina, prête à rendre le dernier soupir : ce qui l'entourait était bien fait pour remplir ses derniers momens d'horreur. Peu loin de son lit, se voyait une table, sur laquelle était des casques, des stilets, des sabres, et autres instrumens de carnage ; il y avait de plus, suspendu le long des murs, les dépouilles des voyageurs assassinés ; le corps d'Adolphe avait été éloigné, et jetté peut-être dans un gouffre, ne méritant pas d'autre sépulture ; mais les traces de son sang, qui n'avaient pas encore été lavées, teignaient le pavé, tandis que ses habits ensanglantés et percés de mille trous par le poignard vengeur de Léonardo, restaient comme un témoignage, près de Laurina.

Ce fut sur cet affreux spectacle,

que Léonardo éleva sa mère, lorsqu'elle le pria de la soutenir dans
ses bras. Elle regarda de tous côtés
avec horreur... Elle frémit... mais
tournant bientôt ses pensées sur un
sujet de la plus haute importance,
elle leva les yeux au ciel, puis les
reporta sur sa fille, qui debout, au
pied de son lit, l'examinait avec le
ressentiment d'une furie.

» Ma fille, dit Laurina avec diffi-
culté, ta mère te demande pardon
avant que de mourir... ne la regarde donc pas avec cet air de ressentiment? adoucis l'amertume de
tes traits... ne me laisse pas paraître
devant Dieu, chargée de la haine de
mon enfant... ô Victoria, je t'en
supplie, pardonne à ta malheureuse
mère. »

Un soupir convulsif, interrompit

Laurina, qui retomba pésamment
des bras de Léonardo.

» Parle, parle donc à ta pauvre
mère, Victoria, lui dit vivement son
frère. As-tu toi-même été assez irré-
prochable dans ta conduite, pour
affecter cette sévérité déplacée, et
n'as-tu pas besoin ainsi qu'elle, de
miséricorde ? »

» Ah, que voilà qui est bien dit!
s'écria Victoria en riant amèrement;
si ma conduite a été fautive, si je
me suis égarée, à qui doit-on s'en
prendre? ma mère, poursuivit-elle,
en regardant Laurina hardiment,
vous avez abandonné vos enfans,
pour suivre un séducteur, et il vous
en a récompensée, comme cela devait être. C'est vous qui avez causé
ma perte, et c'est à vous à répondre
de mes crimes : puis-je... ah ! puis-je

songer à tous les excès auxquels je me suis livrée , sans vous en regarder comme la cause première ? vous m'enseignates à m'abandonner sans retenue à toutes mes passions... C'est pour cela que j'ai empoisonné mon mari, causé la mort de son frère , et égorgé une orpheline sans défense : ce sont ces crimes... tous, oui tous, que je dois à votre exemple, et c'est ce qui m'a fait exiler méprisée, au milieu des brigands, dont le noble fils, qui vous soutient dans ses bras, est le digne chef !... c'est pour cela... »

» Silence, monstre dénaturé, cria Léonardo ! puisse le ciel paraliser ta langue envenimée. Malheureuse ! comment oses-tu, dans des momens pareils, joncher d'épines le chevet de mort de ta mère ? mets-toi à ge-

(118)

noux , créature barbare , et prie Dieu
ainsi qu'elle, de te pardonner. »

L'audacieuse Victoria ne répondit à son frère, que par un sourire
de mépris, et resta immobile.

Laurina s'appuya sur le sein de
son fils , en se cachant la tête : des
convulsions la saisirent. Elle leva
les yeux par intervalle , pour trouver
dans ses traits les sentimens d'amour
filial qu'elle ne pouvait plus attendre
de sa fille; l'instant de sa mort ap-
prochait : elle serra la main de Léonardo , tandis que son œil lui expri-
mait sa reconnaissance. Elle regarda
encore Victoria, qui semblait de glace
devant sa mère expirante.

L'agonie de l'infortunée augmenta ; son cœur battit avec violence,
puis cessa tout-à-coup de se faire sentir ; ses yeux se couvrirent... une

sueur froide mouilla son visage ; et elle prononça dans des accens à peine articulés : » Dieu terrible, mais juste, pardonne... miséricorde sur ta créature. »

Ce furent les derniers mots qui sortirent de ses lèvres ; un frisson parcourut ses membres... c'était le dernier effort de la vie entre la mort... elle cessa d'exister.

Quand Léonardo n'eut plus à douter que sa mère était expirée, il la remit doucement sur son chevet, et s'agenouillant auprès de son lit, il tint sa froide main contre ses lèvres, et des pleurs abondans coulèrent de ses yeux.

» Insensé, dit Victoria, qui le regardait avec pitié, comment peux-tu être assez faible pour pleurer sur le sort de celle qui t'a fait ce que tu es, le vil chef d'une troupe de voleurs? Gémis si tu veux, non de cette mort, mais du métier que tu fais, tandis que tu devrais figurer parmi la première noblesse de Venise !

— Ame basse et endurcie, répliqua Léonardo avec dignité, le vil chef d'une troupe de voleurs peut pleurer sans honte sur les erreurs et l'affreuse destinée d'une mère coupable. Il gémit aussi de l'amertume que ta cruauté a apportée à ses derniers instans. Tu ne te rends pas justice, fille barbare, en l'accusant des crimes que tu as commis. Ce n'est pas *son exemple* qui t'a pervertie, mais bien ton mauvais naturel La sévérité et la bonne conduite d'une mère pouvaient bien reprimer les passions ; mais une meilleure éducation ne l'eût jamais rendue bonne, ni vertueuse.

— Fort bien, reprit Victoria d'un air sombre ; sa conduite libertine n'était pas faite pour m'inspirer le goût de la galanterie : ce n'est pas *elle* qui corrompit mon cœur par ses exemples que j'avais chaque jour devant les yeux, et ils n'étaient pas propres à ouvrir les issues de mon âme aux passions. C'est pourtant de là, rien que de là, que sont venus tous mes crimes, si toutefois mes actions peuvent être appelées ainsi ; et.... mais qui es-tu, toi-même, pour te permettre des reproches. N'as-tu pas tenté d'*assassiner*, pendant son sommeil, un homme qui ne t'avait j'amais fait de mal ? n'as-tu pas versé le sang de ta sœur, et, auparavant , donné le chagrin le plus vif au cœur de ton père? n'es-tu pas maintenant le rebut de la société, l'infâme capitaine d'une troupe de brigands , qui cherches , à la faveur des ombres , le voyageur que son malheureux destin amène sur tes pas , pour le voler et l'égorger ensuite? car sans doute il est arrivé plus d'une fois, que ces affreuses solitudes , qui ne sont des lieux de sûreté que pour toi et tes pareils , ont reçu les corps de tes victimes.... sans doute que...

« Cesseras-tu, misérable furie? ne me provoques pas davantage, crois-moi, ou je te ferai sentir le pouvoir que j'ai en ce lieu, qui n'a jamais abrité d'être aussi méchant que toi.» Léonardo trépignait de colère; il était hors de lui, ce qui excita le rire de sa sœur sans pitié. Elle se retira néanmoins à l'extrémité du souterrain, pour éviter les suites de son emportement.

En ce moment, Zofloya se présenta à l'entrée de la caverne. Victoria fut la seule qui l'aperçut. Il lui fit signe du doigt, et elle courut avec joie vers lui. Le maure la reçut avec son sourire gracieux. Cependant, quelque chose d'étrange paraissait sur sa physionomie. Comme il lui imposait silence, Victoria se défendit de parler, étant habituée à se soumettre à tous les désirs de Zofloya.

Il lui offrit son bras, et la conduisit hors de la caverne, par la sortie accoutumée. Ils marchèrent sans rien dire jusqu'à ce qu'ils fussent au haut de la montagne. Alors Zofloya invita sa compagne à s'asseoir sur la pointe d'un rocher, et se plaçant à côté d'elle, il lui parla de la sorte :

« Ma chère amie, ton frère t'a offensée, mais il ne tardera pas à s'en repentir. Te souviens-tu du voleur qu'il a frappé la nuit dernière? son nom est Ginotti. Je me trouvais à côté de lui dans le moment. »

» Oui, je m'en souviens, dit Victoria. »

« Mais, as-tu remarqué que je lui fis un signe? »

« Oui, oui, fort bien. »

« Cet homme a juré haine éternelle à ton frère. A la pointe du jour il est sorti de la caverne, il est parti au grand galop dans le dessein d'aller dénoncer son capitaine, au risque de sacrifier tous ses camarades. Il se passera du tems avant qu'il ait pu donner des informations suffisantes au gouvernement de Turin, sur cette solitude presqu'impénétrable. Mais demain matin, le duc de Savoie ne manquera pas d'envoyer un détachement considérable au Mont-Cénis. Les issues de la caverne seront entourées, et ceux qui y résident ne pourront échapper. Ton frère tombera peut-être le premier. »

« Et moi, que deviendrai-je, interrompit Victoria avec l'intérêt personnel qui la guidait, et sans faire aucune autre réflexion, ne serai-je pas en danger, Zofloya, avec ces brigands ? »

« Je ne vous ai pas abandonnée jusqu'ici, reprit sévèrement le maure ; allez, rentrez sans crainte dans le souterrain ; les troupes environneraient déjà son enceinte, que je vous garantirais de tout. »

« Mais, pourquoi y retourner, mon ami ?.»

« Parce que telle est ma volonté, répondit-il hautement. Sachez compter sur moi, même à l'instant du plus grand danger. En voilà assez ; ne parlons plus de cela, ajouta-t-il d'un air radouci. Rentre, et sois tranquille, ma Victoria. »

Elle obéissait ; Zofloya, content de sa soumission, lui permit de faire encore un tour dans les montagnes avec lui, puis la conduisit à la petite porte de la caverne, où il n'entra pas, au grand déplaisir de Victoria. Il alla d'un autre côté. L'heure du coucher vint sans qu'elle put le voir, et elle se mit au lit, indifférente sur le sort des autres, mais excessivement troublée sur le sien.

CHAPITRE V.

Avant que de terminer le récit de cette histoire terrible, il ne sera pas tout-à-fait hors de propos d'apprendre à nos lecteurs, qui peut-être se sont intéressés pendant quelques instans au sort de l'infortuné et coupable Léonardo, ce qui a pu le porter à renoncer totalement à ses sentimens si exaltés sur l'honneur, et à dégrader entièrement l'illustration de sa naissance, dont il paraissait si fier.

Il est une chose malheureusement trop vraie ; c'est que l'humanité fragile, une fois entraînée dans l'erreur, perd souvent de vue les moyens d'en sortir; et que n'écoutant que le langage trompeur des passions, elle marche toujours en avant pour l'autoriser à s'y livrer davantage. L'homme probe, le cœur vertueux deviendra donc criminel, s'il néglige de s'appuyer, à l'approche des tentations, de cette force divine qui soutient la faiblesse, et aide le pécheur à s'arracher même aux plus grands crimes, s'il le desire sincèrement.

Léonardo, fils d'une mère déshonorée, Léonardo devint lui-même vicieux, et un assassin; il désespéra de son sort. Il crut qu'il était devenu étranger à tous les nobles sentimens. Il lui sembla que le crime se lisait sur son front comme sur celui de Caïn; que ses mains étaient toujours tachées de sang, et que tout dans la nature devait avoir horreur de lui. En

6 *

ces momens de trouble, les caresses de Matilde étaient repoussées ; il se voyait prêt à lui vouer de la haine et à la fuir pour jamais. Ainsi que ces malheureux coupables que la société repousse de son sein, que le mépris accable, et qu'une sévérité, souvent préjudiciable au repentir, condamne au désespoir en leur refusant toute idée de pardon, Léonardo, pour se venger de ses malheurs, de l'espèce humaine, se prépara à en devenir le tourment.

« Je suis perdu, se disait-il en délire, et quand Matilde Strozzi le laissait à ses réflexions ! si je reparais dans ma patrie, l'échafaud sera mon lit de mort, dans le cas où l'agonie de mon cœur ne m'enleverait pas à un supplice ignominieux. J'ai tué ma sœur ! elle vivait criminel-

lement avec celui que, sans le con-
naître, je devais poignarder ! O
misère affreuse... destinée épouvantable que m'aura valu... Il s'arrêta ;
un souvenir révoltant troubla son
esprit. « Monstre, s'écria-t-il ensuite, je te trouverai... je te cher-
cherai par toute la terre, et il ne
sera pas de moyens que je n'emploie
pour satisfaire ma trop juste vengeance; c'est donc toi qui es cause
que le crime est la seule profession
qui me reste aujourd'hui! va, je te
trouverai, fusses-tu au fond des enfers. » Léonardo, en parlant souvent de la sorte, marchait à grands
pas, tantôt frappant rudement la
terre de son pied, tantôt s'armant
de tout ce qui se présentait sous sa
main, et qu'il brisait bientôt en
éclats, comme s'il eut cru se battre

contre quelqu'un, puis se calmant un peu, il tombait sur un siége en versant un déluge de larmes. Matilde le surprenait souvent dans cet état de frénésie, et cherchait par ses caresses et ses raisonnemens à consoler celui que, malgré l'inconstance de son caractère et sa méchanceté naturelle, elle aimait avec sincérité, et que même elle adorait toujours.

Voyant que Léonardo s'abandonnait fréquemment à ces irritations d'humeur, et craignant qu'il n'en vint à se déplaire en sa société, le jeune homme pouvant prendre un parti violent qui l'en séparât à jamais, elle rêva aux moyens de le distraire de ses nuisibles pensées.

Le lieu qu'ils avaient choisi pour retraite, offrant peu de sujets d'oceuper un esprit actif, et d'éloigner l'ennui qui ne pouvait manquer de surprendre deux êtres ayant chacun besoin de varier l'uniformité de leurs jours, il était à propos, pour leur intérêt, d'aviser aux moyens d'en rompre la monotonie, et c'est ce à quoi songea Matilde Strozzi.

Il se passa peu de jours avant que le hasard lui offrit l'occasion de mettre le plan qu'elle nourrissait à exécution. Léonardo et elle s'étaient déjà promenés plusieurs fois dans une partie de l'île extrêmement agréable, et où le jeune homme s'amusait à tuer des cailles, dont on sait qu'elle abonde en un certain tems de l'année. Matilde lui fit renouveler souvent cet exercice qu'elle partageait avec lui. Mais on sait que Léonardo s'était trouvé indisposé et qu'il avait besoin de repos, elle alla seule se promener le long d'un petit bois qui s'avançait presque jusque dans la mer. Cet endroit formait une anse où les eaux reposaient tranquillement. Elle s'assit sur une pointe de rocher, les yeux portés sur la mer Adriatique, et vit bientôt une barque s'avancer de son côté. Il lui sembla que plusieurs hommes la conduisaient, et elle les crut pêcheurs ; mais quand ils furent plus proches, leur costume singulier et leur nombre de huit qu'elle compta, lui donnèrent quelqu'inquiétude. Matilde n'était pas peureuse ; son intrépidité au contraire l'avait déjà tirée, ainsi que Léonardo, de plusieurs dangers qu'ils avaient courus dans leur voyage de Venise à l'île de Capri, et auxquels celui-ci

étant seul et ayant une femme à défendre, n'aurait pu se soustraire,
sans cela. Matilde portait constam-
ment un poignard sous ses vêtemens, et avait de plus un fusil avec
elle en ce moment. Aussi attendit-
elle tranquillement que ces hommes
fussent à terre. Un d'eux, assez bien
mis, et qui paraissait être le maître
de la barque, s'avança vers le petit
bois dont on vient de parler; il était
de grande taille, portant un sabre
à son côté et des pistolets à sa ceinture, ce qui ne rendait pas son extérieur rassurant. Quand il apperçut Matilde, il tourna les pas de son
côté. Elle se tint debout alors, en
tenant son fusil de ses deux mains.
L'homme hésita... Il fit un geste de
la main comme pour la rassurer, et
s'approchant davantage.... « Je ne

me trompe pas, dit-il, c'est... Matilde Strozzi... c'est ma sœur ! Matilde crut également le reconnaître,
et le regardant d'un air interdit,
elle le nomma. » Je suis Raffalo
Strozzi, cela est vrai; mais comment se fait-il que la belle Matilde
habite un séjour si peu fait pour ses
charmes, et quels sont les liens qui
l'y retiennent? Matilde lui promit
de répondre à ses questions; mais
plus pressée elle-même de savoir les
aventures qui étaient arrivées à son
frère depuis leur séparation, elle le
pria de les lui raconter.

Tandis que la Florentine Strozzi
usait de toute son adresse pour cap-
tiver les hommes les plus beaux et
les plus riches de Venise, afin de
pouvoir se livrer amplement à ses
goûts de luxe et plaisir, son frère

ayant aussi peu de principes qu'elle,
et voulant faire fortune de son côté
par quelques moyens que ce fut,
s'enrôla sous le pavillon d'un cor-
saire. Ses talens et son intrépidité
le rendirent l'ami du capitaine, avec
lequel il fut heureux pendant un
tems. Mais une galère de Malte qui
les poursuivit jusque dans le golphe
de Venise, les força de se jeter sur
un récif où leur mâture fut extrêmement endommagée, et d'où ils eu-
rent peine à se tirer après avoir jeté
une partie de leurs richesses à la
mer, pour en sauver quelques débris.
Le capitaine en mourut peu après ce
naufrage, et Raffalo gagnant terre,
renonça au métier périlleux qu'il
avait entrepris pour se réunir à
une troupe fameuse de Condottieris
qui se cachait dans les Appennins,

et qui faisaient leurs escursions par toute l'Italie, se mettant quelquefois en mer pour éviter d'être poursuivis, ou pour guetter quelque nouvelle proie.

Raffalo Strozzi ne tarda pas à avoir un grade supérieur dans la troupe, et ce fut dans ses courses vagabondes qu'il apprit que sa sœur n'était plus à Venise et qu'on la croyait dans les environs de Naples, vivant avec un jeune noble qu'elle avais emmené. Raffalo n'en savait pas davantage, mais voulant retrouver cette sœur. et ayant une raison particulière qui l'appelait dans le midi de l'Italie, il y rodait depuis quelques semaines, lorsque le hasard la lui fit retrouver dans l'île de Capri, où lui et son monde venaient se rafraîchir quelques instans.

Matilde ayant entendu le récit de son frère, conçut la pensée de tirer parti de la rencontre. Elle eut une conversation particulière avec lui, et s'entendant tous deux à merveille, ils formèrent un projet qu'ils voulurent mettre à exécution le plutôt possible.

La Florentine retourna auprès de Léonardo, et le reste de la soirée fut employé par elle en discours propres à inspirer au jeune homme un dégoût réel pour la retraite que la nécessité leur avait fait choisir, et un désir de rendre leur existence plus sûre et plus agréable. Elle lui représenta la gêne extrême dans laquelle ils se trouvaient, et le danger infaillible de se voir bientôt privés de toutes ressources, s'ils n'y mettaient ordre. Elle en vint ensuite, mais avec ménagement, à lui ins-

pirer l'idée de se venger de l'ennemi
de sa famille, et lui fit entendre que
les moyens de punir le traître Adolphe étaient faciles à trouver. « Quit-
tons ce triste séjour, dit-elle. Il me
reste encore quelques bijoux de valeur
qui serviront à nous défrayer d'un
voyage indispensable. Mon ami, il
faut absolument tenter la fortune, et
nous venger tous deux dela perfidie
des humains. » Matilde s'arrêta. Léo-
uardo, la regardant avec curiosité,
paraissait attendre qu'elle lui com-
muniquât extérieurement ses idées;
mais la Florentine ne dit plus rien
que de vague ce soir-là, et se con-
tenta de démontrer à Léonardo le
besoin urgent de prendre un parti.
Elle venait simplement de dresser
ses batteries, et elle remit au lendemain à en faire usage.

A peine le jour avait-il paru, qu'un coup assez violent se fit entendre à la demeure de deux exilés. Un homme à figure redoutable entra en disant qu'il avait à parler au fils de feu le marquis de Lorédani. Ces paroles dites très-haut, furent entendues de Léonardo, qui ne faisait que s'éveiller et qui en frissonna. Qui pouvait avoir découvert sa retraite? Serait-ce... l'homme entra sans attendre, et s'avançant vers le lit qu'il aperçut au fond d'une chambre, il présenta à celui qui y reposait encore le billes suivant :

« Le jeune Léonardo, fils du marquis Lorédani, s'est rendu coupable d'un assassinat envers sa sœur, et il se cache maintenant dans un coin obscur de l'île de Capri avec une femme qui s'est associée à son sort.

Celui qui pourra débarrasser le comte Adolphe d'un ennemi semblable, et lui donner des nouvelles certaines de sa mort, peut compter sur une récompense de sa part, égale au service qu'il en recevra.

P. S. Matilde Strozzi est le nom de la femme qui vit avec lui; elle peut être épargnée. Ce n'est pas à elle qu'on en veut.

Léonardo, ayant lu ce billet étrange et sans signature, s'empara sur-le-champ de son poignard; il allait s'élancer sur l'homme qui était devant lui, lorsque celui-ci, fort calme et sur ses gardes, lui dit : « Ne craignez rien, monsieur; je suis au contraire ici pour vous sauver, et ma sœur que voilà, est garante de votre sûreté personnelle. » A ces mots, Matilde fit une exclamation en pa-

.raissant étonnée de voir son frère,
(car elle n'avait pas dit à Léonardo
sa rencontre de la veille pour des
raisons qu'on sentira.) « Oui, ajouta
celui-ci, je suis Raffalo Strozzi, et
chargé d'un emploi que je suis loin
de vouloir remplir. Vos malheurs,
que j'ai appris en différens tems,
m'ont intéressé pour vous, et ma
sœur que je savais retrouver ici,
peut vous attester que je ne nuis jamais à qui ne m'a jamais fait de mal;
mais ma haine est mortelle pour
ceux dont j'ai eu grièvement à me
plaindre. Seigneur Léonardo, il ne
tient qu'à vous de vous venger de
l'ennemi de votre famille. Il habite
une campagne fort isolée et située
aux pieds des Alpes. Engagez-vous
dans mon parti; moi et mes cama-

rades sont braves et gens d'honneur,
quoique réunis pour corriger les in-
justices du sort. Quittez cette île;
je vous en offre les moyens. Une
barque solide vous conduira en peu
de tems à Porento, où vous serez
aussi en sûreté qu'ici. Delà nous nous
rendrons dans les montagnes, et je
vous présenterai au chef puissant de
nos troupes libres; il vous accueil-
lera comme il fait de tous ceux que
l'injustice des hommes, ou les malheurs, ont obligés à se rendre indépendans et maîtres à leur tour du
sort d'autrui. Adieu, je vous laisse
à vos réflexions; il s'agit pour vous
de la mort, si vous ne prévenez une
trahison, et de votre salut autant
que de votre bonheur, si vous ac-
ceptez mes offres. Dans deux heures

je serai de retour, et d'après votre
décision nous partirons, car je ne
puis attendre une minute de plus.

Après ce brusque discours, Raffalo sortit, et Léonardo, excessivement pensif, se leva en silence. Matilde témoigna son étonnement de
retrouver de la sorte un frère qu'elle
dit le meilleur comme le plus brave
des hommes. « Il a eu aussi beaucoup à souffrir dans sa vie, observa-
t-elle, et ce parti qu'il aura pris,
n'est sans doute que le résultat de
son ressentiment contre l'espèce humaine. »

« Mais, Matilde, ton frère est un
brigand, s'écria Léonardo, en sortant de sa rêveria. » Le mot est un
peu dur, mon ami ; je le regarde,
moi, comme le défenseur de l'op-
primé et un vengeur en besoin.

Pourquoi n'accepterions-nous pas les offres qu'il .nous fait? Est-il un moyen plus sûr de nous cacher, que parmi ces hommes, qui, j'aime à le croire, observeront envers nous les lois de l'hospitalité avec plus de franchise que maints traîtres dans le monde? D'ailleurs il ne nous reste plus d'autre ressource pour exister, et, je l'avoue, je tremble, cher Léonardo, sur notre avenir. » Matilde continua ainsi à persuader un jeune homme, qu'elle avait déjà perdu pour la société, à achever sa carrière dans le crime; et Léonardo entraîné par ses nouvelles séductions, réfléchit peu, combattit faiblement avec sa conscience, et se détermina à s'associer à des hommes dont il pouvait se servir en tems et lieux pour exécuter ses vengeances. On voit que Matilde avait fait parfaitement la leçon à son frère; elle parvint également à décider Léonardo, qui ne réfléchit pas autrement sur la singularité du billet que venait de lui laisser Raffalo, et consentit à le suivre dans le séjour odieux où celui-ci voulait le conduire.

Strozzi revint dans deux heures, et, tout étant prêt, Léonardo s'autorisant du parti dans lequel il se laissait entraîner, par l'espoir de trouver en quelque lieu le séducteur de son infortunée mère, et de tâcher d'arracher celle-ci à une vie misérable, donna sa parole qu'il s'attacherait fidèlement à la fortune de ses amis, pourvu qu'on secondât son désir de vengeance par tous les moyens à employer.

Matilde fit signe de l'œil à son frère de promettre, et celui-ci jura de prendre à cœur ses intérêts et sa vengeance comme les siens pro-pres.

On déjeûna, et ce trio d'êtres corrompus quitta l'île pour aller dans un lieu connu de Raffalo, où ils trouvèrent le chef des Condot-tiéris. On sait que le brigand ayant été tué, Léonardo devint chef à son tour, et ce fut alors qu'il s'occupa uniquement à chercher à satisfaire sa vengeance. On vient de voir comment ce désir fut rempli au moment où il ne s'y attendait pas.

———

CHAPITRE VI.

Le jour était fort avancé, quand Léonardo, qui n'avait point quitté le souterrain depuis la mort de sa mère, entendit le signal ordinaire de la troupe pour rentrer.

Elle n'avait pas coutume de revenir à pareille heure (à midi); il pensa qu'il lui était sans doute survenu quelque chose d'extraordinaire, et s'empressa d'ouvrir. Quelques-uns des voleurs se jetèrent dans la caverne d'un air épouvanté.

«Nous sommes perdus, s'écrièrent-ils, nous sommes trahis! notre retraite est découverte : la force ar-

mée entoure ce lieu. Toutes les issues
sout gardées, et il n'y a pas moyen
d'échapper. Ceux de nos camarades
qui sont restés dehors n'auront pas
plus de bouheur, car ils seront pris
par les soldats qui les attendent en
embuscade. Quant à nous, notre
sort est facile à deviner : nous serons
tous sacrifiés, à moins que notre capitaine ne connaisse quelque passage secret par où nous puissions
nous sauver dans les montagnes, et
esquiver ainsi les poursuites de nos
ennemis. »

« Mes braves camarades, je ne
connais pas d'autre passage que les
entrées habituelles, et que vous dites
gardées, répondit Léonardo d'un
air froid et courageux. Si la chose
est telle que vous la dépeignez, tout
est perdu. Je ne sais point de moyen

particulier de fuir de ce souterrain. Son entrée la plus cachée est sous le portique, dont les avenues en laby-rinthe ont toujours été une défense suffisante. Il n'y a que la trahison qui ait pu nous décéler; alors, tout ce que nous tenterions pour sortir se-rait inutile. Il faut seulement nous défendre vigoureusement. Nous pou-vons être les plus forts. Du moins, nous devons vendre chèrement notre vie! ne cédons pas un pouce de ter-rain sans qu'on l'achète par le sang!»

Tandis que le capitaine parlait de la sorte, le signal fut entendu de nouveau en dehors, et répété avec vivacité.

« Voilà sans doute quelques-uns de nos camarades qui auront trouvé le moyen de se soustraire à la vigi-lance des gardes. C'est bien notre si-

gnal, que nous seuls connaissons...
ainsi, dépêchez-vous d'ouvrir... peut-
être viennent-ils nous donner de
nouveaux renseignemens. »

En ce moment, il n'y avait dans
la caverne qu'un nombre peu considérable de voleurs : leur chef Léonardo, sa maîtresse et Victoria, qui s'é-
tait mise auprès d'elle, en tremblant
à l'idée du danger qu'elle courait, et
se désolant de ce que Zofloya n'y fût
pas. Elle commençait à craindre
qu'il ne l'eût abandonnée dans la
ruine commune.

On obéit à l'ordre du capitaine.
Les signaux furent échangés, la porte
ouverte, et.... un détachement de
soldats entra. Ginotti était à leur
tête : le misérable n'avait pas manqué
d'exécuter sa vengeance sur son ca-

pitaine, pour l'avoir frappé dans un moment de vivacité.

Surpris à l'excès, le chef intrépide fut atterré. Les soldats se hatèrent de l'entourer, mais au signe plein de fierté et de grandeur qu'il leur fit, ils n'osèrent le toucher.

« Un instant, Messieurs, dit-il, et je suis à vous. » Il voyait bien alors que toute résistance eût été vaine. « Je ne veux que dire deux mots à Madame, qui a été la compagne de mes infortunes jusqu'à ce jour; ensuite je n'abuserai plus de votre complaisance. »

Il s'approcha de sa maîtresse, qui, plus étonnée qu'intimidée, restait à sa même place.

« Matilde Strozzi ! s'écria-t-il. »

Ce nom électrisa sur-le-champ

Victoria. Elle se voyait assise auprès d'une affreuse ennemie, entourée de mort et de danger ! elle se leva pour chercher des yeux Zofloya, mais elle ne l'aperçut point, et son âme en frémit... elle se rassit pour écouter les paroles de Léonardo.

« Matilde Strozzi, dit-il encore à voix basse, je ne vous reproche rien... je ne vous dirai pas que vos artifices ont perdu ma jeunesse, et m'ont conduit où je suis. Non, je ne m'en plains pas... une cause plus éloignée m'a plongé dans le malheur... mais, regardez ce qui se passe ici en ce moment... chère Matilde ! je ne considère que l'amour que je t'ai porté ; les années que nous avons été unis ; je me souviens que tu as partagé également mes périls et mes chagrins, et je te pardonne

eu faveur de ce souvenir, le mal
que tu m'as fait! cependant, tu seras
jugée avec moins d'indulgence par
les autres, et tu es réservée à endu-
rer l'ignominie commune au dernier
de la troupe... une mort infâmante!»

« J'ai de quoi me l'épargner, dit
Matilde très-bas, et en montrant le
manche d'un stilet qu'elle tenait ca-
ché. J'ai... mais toi, infâme Victoria, toi qui dans la splendeur de la
jeunesse, te trouvas sur mes pas pour
m'enlever mon amant, c'est ainsi
que je remercie le destin qui t'a
jetée en mon pouvoir!» Alors, elle
voulut frapper Victoria avec son
poignard; mais Zofloya, se montrant
soudain, l'arrêta.

« Victoria m'appartient, cria-t-il
d'une voix de tonnerre.

Matilde furieuse, se plongea le

poignard dans le cœur. » Voilà, Léonardo, comme j'évite une mort ignominieuse! »

« Et voilà, dit celui-ci en courant sur Ginotti, comme je punis un traître. » Puis il le fit tomber mort à ses pieds. « Va-t en, lâche, chercher aux enfers la récompense que tu attendais de ta perfidie. »

Ginotti, en tombant, poussa des imprécations horribles. Les gardes s'emparèrent alors de Léonardo, qui, usant de toutes les forces que lui donnait sa situation, se dégagea de leurs mains, et courut à l'extrémité de la caverne. Avant qu'on pût le reprendre, il s'était donné plusieurs coups du poignard, tout fumant du sang de Ginotti. Affaibli et blessé profondément, il chancela, et serait tombé sans les soldats qui le

soutinrent, et qui essayèrent d'étan-
cher le sang qui coulait de ses blessures ; mais il se défendit encore en
criant avec une sorte de joie. « Il est
trop tard, il est trop tard, le ciel soit
loué. » Il voulut se jeter vers la terre;
mais ne pouvant plus lutter contre
ceux qui le retenaient, il tourna des
yeux égarés autour de lui, et se laissant tomber, il expira, le sourire du
triomphe sur ses traits.

. Voyant que le chef des voleurs se
dérobait ainsi à leur attente, les soldats s'emparèrent du reste de la
troupe. Ils voulurent aussi arrêter
Zofloya, qu'ils supposaient com-
mandant en second.

« Oh ! nous sommes perdus, prononça Victoria, en frémissant de
tout son corps. »

« Ne craignez donc rien, dit le

maure qui s'adressa ainsi aux gardes.

« Messieurs, sortez à l'instant de cette caverne ; car, si vous y restez, il va vous arriver un grand malheur. Vous suivrez mes mouvemens, et, pour vous prouver que je ne cherche aucunement à me sauver de vous par cet avertissement, voici mon poignard, prenez-le, et soyez convaincus que je n'ai nulle envie d'imiter le capitaine. »

Les soldats et leurs officiers furent interdits à cette annonce du maure ; portant leurs regards de tous côtés, ils se disposaient à suivre son conseil. Zofloya, passant alors son bras autour de sa compagne, s'éloigna de quelques pas. Soudain un bruit effroyable se fit entendre ; la caverne et même les montagnes semblèrent s'écrouler ; plusieurs pierres énormes

se détachèrent des murs, et le plancher se fendit dans différentes parties. A ce prodige, les soldats terrifiés ne retinrent pas plus long-tems
les brigands, mais se hâtèrent de
sortir d'un lieu aussi dangereux.
Victoria, quoique soutenue par son
ami, chancelait par l'effet que lui
causait cette commotion étrange.
Mille horreurs s'offrirent à sa vue,
ses yeux se fermèrent, et n'en pouvant plus, elle s'évanouit. En reprenant ses sens, elle se trouva dans
une plaine spacieuse, toujours soutenue dans les bras du maure. Un
nombre infini de gardes les entouraient. Elle regarda par-tout avec
frayeur, doutant si elle existait.

« O Zofloya, Zofloya ! dit-elle
avec épouvante, où sommes-nous ?

ce, n'est plus ici la caverne, mais c'est le même danger. O! mon ami, tire-moi au plus vîte de cette horrible situation. Regarde comme nous voici gardés à vue. Par où nous sauverons-nous ?.. il n'y a nul espoir... eh, que n'ai-je comme Léonardo le courage de me soustraire à la mort ignomiueuse que je vais sans doute recevoir ! »

« Ne voulez - vous donc jamais croire en moi, dit le maure avec impatience. Je vous ai dit que je vous sauverais de ce que vous craiguez le plus. Quoiqu'entourés par un si grand nombre d'hommes, nous n'en sommes pas vus. Jure-moi donc, ma Victoria, que tu te confies à moi... entièrement, sans arrière-pensée, et je t'emmène loin d'eux. »

« Oh ! je le jure, je le jure, dit-elle accablée. »

Le transport fut plus prompt que la minute. Elle se vit sur le sommet d'un rocher. Zofloya la porta vers une extrémité où il s'assit. Une terreur excessive s'empara d'elle, en voyant le précipice qui était à ses pieds, mais elle n'osa parler. Cet abîme recevait les eaux rapides d'une cataracte dont le bruit rendait presque sourd. L'écume qui en sortait s'élançant sur les bords du précipice, retombait ensuite pour se réunir à la masse de ses eaux. Cette chûte épouvantable raisonnait comme le tonnerre en s'abîmant, et le creux profond de l'abîme rendait un écho qui retentissait aux environs.

Victoria, l'esprit ainsi que le courage totalement perdus, crut voir l'ombre de la belle Lilla s'élever du milieu de l'abîme. Elle était triste et couverte de blessures. Mais bientôt vinrent se joindre à elle celles de Bérenza et de son frère Henriquez. Ces trois ombres planèrent autour de Victoria, en paraissant la menacer, et lui montrant le vaste sépulcre qui était à ses pieds. Puis, s'élançant tout à coup dans les bras l'un de l'autre, la charmante Lilla entre son frère et son époux, un rayon céleste vint les environner; la joie se répandit sur leurs traits aériens, et montant rapidement dans les airs, des séraphins couverts d'or et d'azur, les transportèrent au même instant dans les cieux. Le firmament cessa de briller; et Victoria, qui vit ce tableau d'abord avec épouvante, et ensuite avec un frémissement de rage, tomba dans le dernier excès de douleur. Les remords commencèrent à se faire sentir, et se frappant les mains avec violence, elle poussa un soupir déchirant.

« Eh bien, Victoria, dit le maure d'un ton qui n'était plus celui dont il se servait pour lui parler, eh bien, te voici à la fin de toutes tes craintes. ni l'explosion, ni les gardes, ni une mort ignominieuse ne doivent plus t'épouvanter. Te voilà maintenant bien au fait de ce que je puis. Je t'ai surveillée jusqu'ici ; je t'ai accompagnée et servie jusqu'à cet instant, mais s'il faut encore te garantir de maux à venir... de toute peine en ce monde, tu ne peux te dispenser d'être entièrement à moi. » « Oh ! Zofloya, quelle est cette vision? par quel pou-

voir surnaturel les malheureuses
victimes de mes horribles passions
viennent-t-elles de m'apparaître? car,
je les ai vues, hélas! trop bien vues.»

«Tout cela va s'expliquer, Victoria;
mais, avant tout, dis, oh dis si tu
es entièrement à moi? »

— Point d'évasion, Victoria, cria
sévèrement le maure. Je ne veux pas
d'abandon forcé. Ne m'as-tu pas
promis d'être tout à moi, et ai-je
abusé jusqu'ici de ma propriété? cependant, ajouta-t-il d'un ton plus
doux, je ne veux te contraindre à
rien, ma digne compagne, et malgré le vif désir que j'ai de jouir de
mon bien, il ne faut pas que la seule
complaisance te porte à y consentir.
Dis donc une fois pour toutes, ma
Victoria, ma tendre amie, te donnes-

tu irrévocablement de cœur , de corps et d'âme à ton Zofloya ?

— Oui, oui pour jamais, Zofloya. Mais pourquoi me tourmenter ainsi. Je t'aime et ne désire que de t'en donner des preuves, dit-elle charmée du retour apparent du maure. De grace, maintenant, éloigne-moi d'ici , arrache-moi à tant de terreurs à cette vue épouvantable..... après cela, tu feras ce que tu voudras de ma personne.

— Un moment, belle dame : il me faut d'abord renouveler votre serment *d'abandon volontaire* , et nous verrons ensuite.

Victoria répéta son serment , en tremblant de toutes ses forces.

— Voilà donc où je t'attendais , femme odieuse ! reprit le maure , en partant d'un brillant éclat de rire, et en la fixant d'un air si terrible qu'elle en frémit... Ne détourne pas ainsi tes regards, poursuivit-il malicieusement, mais écoute, et connais celui à qui tu viens de t'*abandonner*!

Victoria leva les yeux... quel objet horrible était devant elle! rien du beau Zofloya... mais à sa place, l'être gigantesque qu'elle avait vu dans ses songes...! c'est bien alors que l'âme de Victoria fut frappée de désespoir. Elle fit un cri et serait tombée dans l'abîme, si une main de fer, qui n'était plus celle si douce de Zofloya, ne l'eût arrêtée par les cheveux.

» M'as-tu bien examiné, femme orgueilleuse! demanda-t-il de sa voix de tonnerre; sais-tu maintenant qui je suis?... je suis, non l'homme charmant, divin, qui avait captivé ton imagination, allumé le feu de tes sens ; mais l'ennemi de toute la création, celui enfin que les hommes nomment SATAN !... — Ciel ! oh ciel ! ô malheureuses victimes !... — Elles sont montées comme tu l'as vu, dans le sein de ce Dieu qui m'a réprouvé !... oui, je suis Satan ! C'est moi qui guette l'humanité fragile, pour la surprendre dans ses erreurs ; mais rarement, trop rarement, arrive-t-il que mes séductions l'entraînent aussi loin que la peine que je prends pour les perdre. Peu s'aventurent dans les sentiers du vice, autant que tu l'as fait : tes affreuses dispositions, et ton orgueil me firent te distinguer parmi les monstres qui font le malheur de leurs semblables ; ils m'attirèrent près de toi, dans l'espoir d'avoir une

bonne proie en ta personne. Oui !
et ce fut sous la ressemblance de
l'esclave maure d'Henriquez, (soi-
disant retrouvé,) que je t'apparus
d'abord dans tes songes; j'essayai
de te faire tenter l'accomplisse-
ment de tes désirs déréglés. Je te
trouvai, à ma plus grande joie, prête
à céder à toutes mes tentations ;
mais qu'y as-tu gagné ? je t'ai toujours trompée... Eh bien, pourtant, tu te laissais aller à une aveugle
confiance, tant la propension au vice
était forte en toi, ainsi que le besoin
de te satisfaire ; tu t'es damnée par
nombre de crimes, dont chacun te
livrait à moi, tu n'as pas joui d'un
seul moment de paix, ni du plus léger fruit pour lequel tu t'es enfoncée
si avant dans le péché. Ainsi donc
tu as rendu mon triomphe complet ;

la gloire de ton entière destruction m'appartenait ; et , ajouta-t-il avec un rire affreux , je vais remplir la promesse que je t'ai faite de te sauver de tous maux à venir en ce monde. — Grâce ! grâce ? — point de grâce à l'assassin !

En parlant ainsi, il serra fortement Victoria par le col, et la fit pirouetter dans l'abîme. Comme elle y tombait, les ris, les sarcasmes d'une foule de démons, témoins de sa juste punition, retentirent à ses oreilles, et son corps, plus de moitié brisé, fut reçu par les eaux écumantes qui étaient au fond de ce gouffre affreux ; elle devint ensuite la proie de Satan, qui l'emporta dans le fond des enfers, où elle fut condamnée à souffrir pendant l'éternité.

Lecteur... ne regarde pas ceci

comme un simple et futile roman ; les hommes ne sauraient trop se défier de leurs passions et de leurs faiblesses : les progrès du vice sont graduels , imperceptibles , et l'ennemi rusé du genre humain est toujours prêt à profiter des fautes de l'espèce humaine, dont la destruction est sa gloire ; il n'y a pas de doute que ses séductions ne l'emportent souvent ; autrement, comment rendre compte de ces crimes , auxquels les hommes se laissent entrainer, et qui sont la honte de la nature ? Ou nous devons supposer que le mal est né avec nous , (ce qui serait une insulte à la divinité,) ou nous devons l'attribuer , (comme plus d'accord avec la raison,) aux suggestions de l'influence infernale.

FIN.